DAVID DE JUAN MARCOS

VERANO DEL 96

la mirada del trapecista

La luz que nos guía
es también la luz que nos ciega.

Luis Landero

Ni tan joven ya,
ni todavía viejo. Una edad rara
—dicen—, seria, una edad gris.
No lo sé. Suficiente, eso sí,
para que a veces sientas
que los mejores días han volado.
Y, lo que es peor aún,
que no fueron tan buenos.

Karmelo Iribarren

A mis amigos.

DAVID DE JUAN MARCOS

VERANO DEL 96

colección
la mirada del trapecista

ROAD TRIP

Que se lo ha pedido mamá, me dice; que suba, me dice; que me llevará a casa.

Dentro del coche huele a vinagre. Miguel huele a vinagre. Mamá siempre se enfada con Miguel cuando llega a casa con olor a vinagre. Apestas a vinagre, le dice, y Miguel, antes de tirarse en el sofá o en la cama o darse la vuelta para volver a la calle, mueve la mano como si intentara borrar a mamá en el aire.

¿Tienes hambre?, me pregunta. Yo me muero de hambre, pero me encojo de hombros y le digo que bueno, que no estoy segura. Y en cuanto las palabras salen de mi boca, me doy cuenta de que ese es el tipo de respuesta que menos le va a gustar.

Miguel —lo miro: flaquito, pálido, cara de lagarto— no parece escuchar. Mira el reloj de su muñeca y luego mira por los retrovisores y luego mira otra vez el reloj como si no entendiera; y se queda agarrado al volante con la mirada fija, perdida en algún punto fuera de este mundo.

Vale, dice; vale, repite Miguel con más convicción, pero

todavía tarda unos segundos más en arrancar el coche, meter la marcha y ponerse en movimiento.

*

De todos los novios que ha tenido mamá desde que nos quedamos solas, Miguel es el peor de todos. O al menos es el que peor me cae. O al menos es el que peor se porta conmigo. Pero todo eso yo no se lo digo nunca a mamá porque me diría que no son asuntos míos, que no sé por lo que está pasando, que no sé lo que es estar en su situación y luego, bueno...

De entre todos los novios que ha tenido mamá desde que nos quedamos solas, Miguel no solo es el que peor me cae y el que peor se porta conmigo, sino que, además, es el más feo. Yo no sé qué verás en él, le dijo un día una amiga a mamá. Feucho, le dijo; clasicote, le dijo; ojijunto y orejón, parece un colonizador inglés, solo le falta la taza de té y el monóculo. También le dijo otro montón de cosas que no entendí, o que quizá no significaban lo que entendí, como que siempre estaba buscando causas perdidas y que ya iba siendo hora de pasar página.

Pero lo peor de Miguel no es que sea feo como un lagarto albino o que hable de mí como si yo no estuviera delante o que las pocas veces que responde diga una cosa cuando en realidad quiere decir la contraria. Lo peor es que es el único de todos los novios de mamá que se ha quedado a vivir en casa. Sucedió tan poco a poco que ni siquiera creo que haya un momento concreto. O al menos yo no me di cuenta, que todo puede ser. Un día dejó el cepillo de dientes, otro día dejó un bolso con ropa y, cuando me quise dar cuenta, ya olía su caca y su loción para el afeitado todas las mañanas al entrar en el baño.

*

Miguel mueve mucho los dedos por todo el volante, se toca la cara y parece que no encuentra la postura en el asiento. A veces, mira al vacío, siguiendo una luz lejana. Otras veces mira al techo. —El techo está lleno de manchas. No sé de qué, pero manchas—. Otras, aprieta los ojos durante unos segundos y la cara se le llena de líneas. Otras, mira el paisaje como si fuera montado en un tren. Otras, se queda muy quieto, a punto de quedarse dormido. Y otras mueve la mano y parece que espantara a una mosca invisible.

Me gustaría preguntarle que adónde vamos, que por qué nos alejamos tanto, que por qué no me lleva a casa como ha dicho. Pero no lo hago porque mamá siempre dice que, si quieres saber algo de Miguel, lo peor que puedes hacer es preguntarle.

Lo que sí le digo es que hoy es viernes y los viernes que mamá está de guardia siempre me deja pedir una hamburguesa con queso. Miguel no me escucha, o hace como que no me escucha, y entonces entiendo por qué mamá siempre se enfada con Miguel porque dice que no escucha cuando se le habla.

*

Todavía estoy pensando en la hamburguesa cuando Miguel detiene el coche en un bar de carretera, un bar amarillo o que alguna vez fue amarillo, con un letrero muy viejo con el dibujo de un cocinero gordo. Miguel echa el freno de mano y cierra los ojos como si tuviera intención de dormirse aquí mismo. Bien, Miki, dice; vas bien, Miki, dice. Y luego dice que me mantenga callada y que coma en silencio lo que me pongan. No quiero oírte abrir la boca, dice todavía con la cabeza apoyada en el asiento como si fuera una momia.

Al salir del coche un perro sucio y delgado se nos acerca. Camina de puntillas, casi sin tocar el suelo, con el rabo escondido entre las patas traseras. Solo las costillas parecen impedir que se le desbarate el cuerpo entero. Le silbo un poquito para que se acerque. Lo llamo Flecher porque se parece mucho al perro de mi vecina y el perro de mi vecina se llama Flecher. Le digo Flecher, ven, y Flecher viene caminando medio torcido, tiki-tiki-tiki, un poco contento y un poco acobardado. Miguel lo espanta con un aplauso y una patada al aire que casi le hace caerse de espaldas. Qué torpe es Miguel. Luego levanta la mirada hacia la carretera y da una vuelta sobre sí mismo como si buscara algo o a alguien, o como si algo o alguien lo estuviese buscando a él.

Dentro del bar todas las mesas están vacías. Hay moscas muertas junto a la ventana. El suelo está lleno de serrín, de huellas y de servilletas de papel mojadas. Miguel se sienta en la mesa más apartada y se vacía los bolsillos: cartera, llaves, teléfono, cajetilla de tabaco, mechero, más llaves.

Enseguida llega el camarero, un hombre vestido con una camisa blanca remangada a la altura de los codos. Tiene varios botones abiertos y parece que le saliera un animal peludo y viejo del pecho. Sus brazos también son peludos, largos espaguetis blandos. Miguel pide una cerveza y un JB doble con hielo. El camarero sonríe, y saca su libreta, pero no escribe nada, como si cerveza y JB doble con hielo fuera la combinación que piden todos los clientes que entran en este bar. Luego me mira de abajo arriba: zapatos acharolados, calcetines blancos, falda tableada, chaqueta azul marino. Y la princesa, pregunta. Mi hija tomará una hamburguesa con queso y una Coca-Cola, dice Miguel, hoy es su cumpleaños, dice Miguel, y según dice esto último me mira e incluso ensaya una sonrisa. Es la primera vez que Miguel me mira desde que me he subido al coche. Desde luego es la primera vez que me sonríe. Aunque sé que lo hace para que no me enfade por haber dicho que soy su hija o que es mi cumpleaños, o tal vez para que el camarero crea que de verdad soy su hija, o tal vez para sentir que de verdad tiene una hija.

El camarero hace una mueca, una mueca con toda la cara, y un sonido raro con los labios que puede ser de aceptación o de condena o las dos cosas a la vez. Coloca frente a mí un plato y se acerca como para revelarme un secreto. Feliz cumpleaños, princesa pelirroja, dice. Voy a ver si tengo un trozo de tarta para ti, dice. Pero luego se olvida, o quizá no encuentra la tarta, o quizá cambia de idea, o quizá su jefe le dice que no puede invitar a tarta a todas las niñas que entran diciendo que es su cumpleaños porque entonces vendrían todas las niñas a decir que es su cumpleaños.

Miguel mira por la ventana mientras arranca con la uña la pegatina a la botella de cristal. Mueve una pierna de arriba abajo como si hinchara una colchoneta bajo la mesa. Se termina el vaso pequeño de un trago y le pide al camarero que le sirva otro dibujando una uve con los dedos. La hamburguesa está seca y requemada. Sabe a humo. Me gustaría pedirle al camarero un poco de kétchup, pero Miguel me ha dicho que no diga nada, así que empiezo a beberme la Coca-Cola y a mirar por la ventana. Afuera, Flecher da vueltas con su hocico brillante pegado al suelo. Le doy un golpecito al cristal para llamar su atención. Flecher levanta la cabeza, echa las orejas hacia atrás, mueve el rabo muy rápido y tensa todo el cuerpo de alegría. Cuando el camarero se aleja, le digo a Miguel que por favor me pida kétchup, pero lo digo tan bajito que no me escucha o hace como que no me escucha, o tal vez me escucha y no quiere pedírmelo.

Un hombre con la nariz aplastada se acerca y pregunta: ¿Tiene usted uno de esos?

Miguel pega un brinco en el asiento y tira el botellín. El hombre señala con una mano la cajita que Miguel ha dejado en la mesa y con la otra hace como si fumara un cigarrillo invisible. No, dice Miguel mientras seca el líquido con un puñado de servilletas. El hombre se queda de pie frente a nosotros sin comprender hasta que Miguel saca todo su mal mirar. ¿Algo más?, pregunta molesto o asustado o molesto y asustado a la vez. El hombre sonríe —una sonrisa como de masticar petardos—, da un trago a su cerveza y se limpia toda la barba con la manga de la camisa. Luego señala el vaso pequeño con la punta de su cigarrillo imaginario y dice: Supongo que ahora conducirá la niña, ¿no?

Miguel sonríe —nunca se me ha parecido tanto a un lagarto como ahora—, pero yo creo que no le ha hecho ninguna gracia. Baja la cabeza, agarra el botellín por la parte de arriba y amaga con ponerse de pie. Desde el otro lado de la barra el camarero le grita al hombre de la nariz aplastada que nos deje tranquilos, que no quiere líos, que no piensa repetírselo. El hombre camina hacia atrás mostrando las palmas de sus manos y junta los labios como para besar el aire. Miguel le devuelve el beso y se sienta otra vez sin perderlo un instante de vista.

¿No comes más?, me pregunta, tenemos que irnos. Yo quiero decirle que es que está seca, que se me ha quedado fría, que me cuesta masticarla, pero lo único que hago es levantar el pan para enseñarle el trozo de carne negra. Deberías haber pedido kétchup, me dice. Toma —Miguel me acerca un periódico que hay en el extremo de la mesa—, envuélvela y te la guardas para cuando tengas hambre, me dice; es tarde, me dice; vete al baño que tenemos que marcharnos, has bebido mucha Coca-Cola y no pienso volver a parar.

El baño está sucio. Huele a pescado y a cloaca. La luz apenas dura encendida unos segundos. La ventana que da a la calle está rota y entra un calor seco y maloliente que sale de unos contenedores de basura. No hay papel, ni jabón, ni agua, ni asiento en el inodoro. Alguien ha hecho sus cosas y las ha dejado ahí, sin tirar de la cadena. Pienso en mamá, en que nunca me dejaría entrar aquí, en que ella nunca entraría en un sitio así porque mamá es la persona más elegante, más guapa y más limpia que conozco, y aquí solo hay hombres desaliñados, feos y que huelen a sudor.

Por más que me concentro en agua y en cascadas y en grifos abiertos como dice mamá que tengo que hacer cuando me pasen estas cosas, no puedo hacer pis. Mientras vigilo por si aparece la dueña de una telaraña enorme que hay en el techo, oigo un ruido entre los contenedores. Rápidamente me subo a la papelera que hay junto al lavabo para asomarme a la ventana y veo a Flecher mirándome con sus ojos de extraterrestre. Flecher, le digo, ¿tienes hambre? Flecher mueve la cola con alegría, me sonríe achinando los ojos y da saltitos como si el suelo fuera de lava volcánica. Sin dudarlo un momento, desenvuelvo la hamburguesa, se la tiro y él la atrapa en el aire con una pirueta estupenda. Muy bien, Flecher.

Al momento escucho un susurro; un sonido de rata, o como de algo que se arrastra, un ruido que sale de una habitación llena de cajas apiladas. Asomado a la puerta veo al camarero. Me sonríe. Da un paso atrás y se esconde. Tiene los pantalones y los calzoncillos medio bajados. Entonces oigo un portazo y aparece Miguel dándome un susto enorme. Viene con una cara de confusión o de enfado, sobre todo de enfado, y yo me tapo porque creo que va a pegarme por tardar tanto tiempo en hacer pis o por haberle dado la hamburguesa a Flecher. Pero cuando llega hasta mí se gira y suelta un puñetazo a la oscuridad. Casi a la vez se escucha un grito y veo que el camarero se ha caído al suelo con las dos manos en su nariz. Miguel le pega patadas en el estómago y en la cara y en las piernas. Cuando por fin se cansa, levanta al camarero por la camisa —la cara roja, llena de bultos y de babas— y le dice que dentro de unos días va a volver a por él, que va a venir con unos amigos y que le va arrancar las pelotas con unas tenazas y se las van a dar de comer al chucho que está ahí fuera. Cualquiera que no conozca a Miguel pensaría que dice la verdad, pero yo estoy segura de que está mintiendo porque todos sabemos que Miguel no tiene ningún amigo. Luego viene a por mí, mete medio cuerpo dentro del baño y me levanta como si fuera un saco de patatas que se cuelga al hombro. Nunca hubiera imaginado que Miguel fuera tan fuerte.

El hombre de la nariz aplastada nos espera apoyado en el coche: un cigarrillo en la sonrisa desdentada y el palo de una escoba en la mano derecha. Miguel suspira, me deja en el suelo y me dice que me aleje de allí. La niña no va a ningún sitio, dice el hombre mientras me agarra del brazo. Me hace daño y trato de soltarme y grito y le araño y entonces aparece Flecher y empieza a morderle los pantalones y a ladrar y a correr entre sus piernas hasta que consigue hacerle tropezar.

Miguel aprovecha para meterme en el coche por la ventanilla. En cuanto arranca, las ruedas derrapan y levantan una nube de polvo a nuestra espalda. Por el espejo retrovisor veo que todos los que estaban en el bar han salido a la calle. Se tapan la boca y los ojos con pañuelos. Mueven las manos como si saludaran a alguien que está muy lejos, nos tiran piedras y nos hacen gestos desagradables. Flecher corretea entre ellos como si fuera una serpiente asustada y pienso que si no nos hubiéramos ido tan rápido podría haber intentado subirlo al coche con nosotros. Cuando voy a decírselo a Miguel veo que está sonriendo. Es una sonrisa muy extraña. Una sonrisa que solo se le nota en la boca, pero no en los ojos, ni en las cejas, ni en ninguna otra parte de la cara. Una sonrisa que yo intento imitar delante del espejito del parasol pero que no consigo que me salga.

De pronto Miguel se pega un golpe muy fuerte en la cabeza que le deja una marca rosada en medio de la frente. Empieza a frotarse las piernas y el pecho y otra vez las piernas, muy rápido, igual que si tuviera millones de arañas dentro de la ropa. A mí también me empieza a picar todo porque pienso que ese baño tan asqueroso estaba lleno de bichitos y ya verás como se me han metido dentro y me empiezan a picar. Pero cuando voy a quitarme la chaqueta y la camisa y todo, Miguel dice algo que me hace sentir el mayor alivio de mi vida.

Dice: Me cago en la puta, la cartera.

*

Pongo la radio y Miguel la apaga. Abro la guantera y Miguel la cierra. Empiezo a cantar y Miguel se lleva un dedo a los labios. Saco la flauta de la mochila y Miguel me dice que ni se me ocurra. Bueno, decirlo no lo dice, pero es como si lo dijera. Así que me pongo a mirar por la ventanilla. Hay un grupo de vacas blancas y negras pastando. Hay una línea alargada de árboles. Del otro lado de los árboles hay un río. Del otro lado del río se ven casas pequeñas. Del otro lado de las casas, lejos, algunas montañas con la picuruta tapada por las nubes. Me entra sueño y pienso que, aunque esté ansiosa por llegar y descubrir a dónde vamos, al mismo tiempo no quiero llegar nunca, no quiero que este viaje se termine.

Creo que no viajaba tan lejos desde que el verano pasado fuimos a la playa en el coche de papá. El coche de papá es tan grande que puedo estirarme por completo en la parte de atrás. Estuvimos una semana entera en un hotel precioso con piscina. Mamá estaba tan parlanchina que no parecía mamá, y papá estaba tan guapo, con sus gafas de aviador y su gorra de béisbol, que es imposible imaginar un papá más guapo. A veces se me quedaba mirando muy fijamente y me decía que vaya cómo había crecido, que vaya qué guapa, que vaya qué morena estaba. Y la verdad es que se me puso la piel tan oscura que parecía pintada y con solo mirarme al espejo me entraba la risa tonta.

Hicimos castillos de arena, comimos pulpo y helado de muchos sabores, y en el desayuno podías repetir de todo lo que quisieras. Cada tarde, papá y mamá caminaban de la mano por el paseo marítimo mientras yo asustaba a las gaviotas con mi patinete. El sol bajaba y se ponía grande y el cielo parecía coloreado de lila, o de granate, o de naranja, y según el color papá decía mañana hará calor, o mañana habrá tormenta, y siempre acertaba —bueno, casi siempre—.

Mamá no quiere que lo sepa, pero hay una caja con fotos de ese viaje detrás de la televisión. Muchas veces, cuando estoy sola en casa, saco la caja y me pongo a mirarlas. Las fotos siempre están ordenadas de una manera distinta y eso me pone muy triste sin saber por qué, o tal vez sí lo sé, pero no quiero pensarlo.

*

Avanzamos y avanzamos por una carretera muy recta y sin coches. Como no he podido ir a ese baño tan asqueroso, me hago mucho pis. Empiezo a sentir la espalda húmeda y la frente pegajosa. Así que le digo a Miguel que si podemos parar, que no me encuentro bien, que estoy mareada, aunque es mentira o no es del todo verdad. No irás a vomitar, me dice. Le digo que no, que no es eso, y entonces él dice que ya me avisó de que no íbamos a parar más, que piense en otra cosa y se me pasará. Pero yo ya no puedo pensar en otra cosa porque cuando te haces tanto pis no hay otra cosa en la que se pueda pensar. Me late el corazón en la cabeza y siento electricidad por todo el cuerpo. Intento contar pájaros, intento contar postes de la luz, intento contar coches rojos. Aprieto tanto las piernas que me hago daño con mis propios huesos y solo cuando le digo que por favor, que ya no puedo más, que necesito ur-gen-te-men-te hacer pis, Miguel parece tomárselo en serio.

Pero ya es tarde.

Miguel grita muchas palabrotas, golpea el volante con el puño, mueve todo el cuerpo y dice que es normal, que la puta niña es una caprichosa y una consentida, que me cago en esto y en lo otro, y por último dice que claro, que ahora entiende muchas cosas, que él también habría hecho lo mismo. Todo eso y más lo suelta como al aire, como para quien quiera escucharlo, pero en el coche solo estoy yo, así que nadie más puede oírlo.

¿El qué?, le pregunto.

¿El qué, qué?

¿Qué habrías hecho tú también?

Lo que todos sabemos.

Ahora soy yo la que se enfada, pero sin soltar palabrotas. Estoy tan enfadada que estoy a punto de decirle que yo también sé cosas, que no soy una tonta como él se cree. Que sé que no tiene trabajo. Que sé que todas esas palabras raras que dice en casa: asesoramiento, empresas, proyectos; son mentiras, mentiras muy gordas, signifiquen lo que signifiquen. Que sé que no existen las reuniones de las que habla. Que muchas mañanas al salir del cole lo veo paseando solo por el parque o sentado en un banco hasta que llega la hora de comer. Que sé que en ese mismo parque los borrachos que duermen en cajas de cartón y hablan a voces consigo mismos le dicen el Millonario por ir siempre vestido con traje y corbata, o el Sordo, por sus grandes orejas de soplillo. Y que también sé que cuando llega a casa se inventa conversaciones, entrevistas, citas importantes.

Pero en lugar de decirle todo eso me giro hacia la ventanilla, cruzo los brazos y le digo: Lo que tú digas, Sordo.

*

Llevamos como diez años en silencio. El paisaje es cada vez más llano y más seco. Amarillo y marrón. Apenas nos cruzamos con coches. Miguel fuma con la mano izquierda, cambia marchas con la derecha y sujeta el volante con las rodillas. Cada vez que llegamos a un cruce, se detiene y tarda un buen rato en decidir qué dirección tomar. A veces, suelta una maldición, pega un frenazo y da la vuelta para regresar por donde hemos venido.

Después de más de media hora terminamos en una carretera muy larga y muy estrecha por la que ya hemos pasado dos veces. Miguel aparca en el arcén y sale del coche. Al principio pienso que va a estirar las piernas como hacía papá cuando llevaba mucho rato conduciendo. Necesito estirar las piernas, decía, y se llevaba las manos a los riñones y se doblaba hacia atrás como un gimnasta. Pero, en lugar de eso, Miguel saca unas latas de cerveza del maletero y se sienta contra una rueda a fumar uno de esos cigarrillos suyos que huelen a césped recién cortado o a algo vivo y acuático. Yo también aprovecho para salir del coche y quitarme mis braguitas mojadas y secar la falda al sol.

¿Por qué le dijiste al camarero que yo era tu hija?, le pregunto.

Miguel no me contesta. Así que me enfado otra vez y le digo que yo no quiero ser nada suyo, que yo ya tengo un papá, que no necesito que nadie se haga pasar por él. Miguel sigue sin decir nada. Se rasca la cabeza como si tuviera piojos, se tira del pelo con fuerza y se tapa las orejas de elefante para no escucharme, así que yo le grito que es el peor de todos los novios que mamá ha tenido, el más feo y el más antipático.

Miguel mete la cabeza entre las piernas y empieza a llorar. Es la primera vez que veo a un hombre tan grande llorar y me da una escalofrío tan así todo por dentro que enseguida me contagio de sus lágrimas y de su desesperación y me pongo a llorar también. Me siento mal por haberle dicho tantas cosas feas, por haberlo llamado Sordo. Sé que es cruel. A mí tampoco me gusta que se metan conmigo, con mi pelo, por ejemplo, que los niños del cole me señalen y me digan Zanahoria o Pippi Calzaslargas.

Cuando voy a decirle a Miguel que lo siento mucho, que no quiero que se enfade conmigo, aparece de la nada una moto y se para justo detrás de nosotros. Miguel se pone de pie como si todos los músculos del cuerpo se le hubieran tensado de golpe y comienza a peinarse con las manos y a meterse la camisa dentro del pantalón. Enseguida descubro que es una moto de policía. El policía se ha bajado de la moto y se acerca muy, muy despacio. La tierra bajo sus botas cruje como si pisara cereales. Desde lejos nos pregunta si sucede algo. Si tenemos algún problema. Si estamos bien. Nada, agente, dice Miguel —una mancha redonda y oscura le ha crecido en la espalda—, nos hemos perdido buscando una gasolinera, dice, solo estamos descansando un poco.

¿Perdido?, pregunta el policía caminando ya más deprisa hacia nosotros, es que estas carreteras son muy puñeteras, dice; parecen todas iguales, dice; y luego va a decir algo más, pero, en cuanto me ve, deja la frase a la mitad y pone una cara de susto o de sorpresa o de miedo o de algo que no es ni susto ni sorpresa ni miedo, pero que se parece mucho a las tres cosas juntas y para la que no sé si existe una palabra sola.

Hola, guapa, ¿estás bien?

Yo no entiendo lo que está pasando. No entiendo por qué el policía de pronto se mueve tan despacio y se lleva la mano al cinturón y hasta parece que se le ha olvidado pestañear. No entiendo por qué me habla a mí, pero en realidad no deja de mirar a Miguel. Hasta que por fin me doy cuenta de un montón de cosas, así, todas de golpe. Todas a la vez. Me doy cuenta de que estoy llorando por la pena de ver llorar a Miguel. Me doy cuenta de que la falda de mi uniforme está sobre el capó del coche. Me doy cuenta de que tengo mis braguitas de la mano. Me doy cuenta de que el policía las está mirando. Me doy cuenta de que Miguel también las mira y de que luego cierra los ojos hacia el cielo como pidiendo algo o aceptando algo. Y, por último, me doy cuenta de que todos nos hemos quedado muy callados y muy quietos y como sin saber qué hacer.

El policía se acerca y se pone de rodillas para colocarse a mi altura. Me pregunta mi nombre y yo se lo digo. Me pregunta si me encuentro bien y le digo que sí. Me pregunta si necesito ayuda y le digo que no, que bueno, que, o sea, que no, que ya no. Me pregunta que quién es ese hombre y señala a Miguel y yo le digo que es mi papá. Me pregunta que por qué lloro y yo le digo que porque nos hemos perdido, y él me pregunta que por qué tengo unas braguitas en la mano y yo le digo que es que es mi cumpleaños y le hablo de Flecher y de que he bebido mucha Coca-Cola y ya no tengo que decir nada más porque el policía me sonríe con una sonrisa grande y blanca y perfecta y me dice que felicidades, que cuántos cumplo y yo me lo invento, claro, y él dice que qué mayor y también me dice que me acerque y me susurra al oído que a él también le pasó muchas veces a mi edad y que mire ahora lo grande y fuerte que es, y por último dice que son cosas que pasan, que no hay que avergonzarse y que ya está.

Cuando se pone de pie, el policía se lleva la mano a la visera del casco y le pregunta a Miguel si se encuentra bien porque la verdad es que está más blanco que la pintura del coche. Y Miguel que sí, que sí, que no es nada, que solo se siente un poco mareado. Y el policía que lo mejor es que beba agua y se ponga a la sombra, que es peligroso quedarse parado al sol, que el calor te desuella vivo si te quedas quieto en un sitio así. Y Miguel que sí, que sí, que gracias. Y el policía que tiene usted una hija encantadora. Y Miguel que sí, que sí, que gracias. Y el policía se sube a la moto y nos dice que le sigamos, que nos llevará hasta una gasolinera, que no está lejos.

Y Miguel, como si estuviera hipnotizado, se sube al coche, arranca y ya no dice nada más.

*

Mamá siempre dice que yo podría ser actriz porque soy capaz de mentir con tal convicción que, al final, me termino creyendo mis propias mentiras. Supongo que mamá tiene razón porque, mientras vamos detrás de la moto del policía, empiezo a pensar en mis mentiras como si fueran verdad. Pienso que es mi cumpleaños y que Miguel es mi papá y que me lleva de viaje todos los fines de semana que mamá tiene guardia en el hospital y que siempre tenemos aventuras con camareros y perros flaquitos y policías de sonrisa grande y blanca. De pronto ya no veo a Miguel tan feo, ni tan antipático. Y estoy a punto de apoyar mi cabeza en su hombro y de cerrar los ojos y decirle que qué día tan divertido y que ojalá fuese mi papá, pero solo los fines de semana porque yo tengo un papá de verdad, que en algún momento va a volver por mucho que mamá diga que no porque se ha ido a buscar su juventud, y los hombres que se van a buscar su juventud —eso lo sabe todo el mundo— nunca vuelven. O vuelven arrepentidos, pero no se les puede creer nada de lo que dicen —eso también lo sabe todo el mundo—. Pero, finalmente, no hago nada de todo lo que he pensado porque Miguel va conduciendo tan concentrado y tan quieto y tan enfadado hacia dentro que no me atrevo.

Yo continúo pensando en papá, o sea, en papá de verdad, no en Miguel. Pienso en dónde estará, en si habrá encontrado ya su juventud y en dónde se buscarán esas cosas. Pienso en si su viaje estará siendo tan emocionante como el nuestro y en por qué no me habrá llevado con él como ha hecho Miguel. Paso mucho rato pensando y pensando, cosas que no son verdad, pero que tampoco son del todo mentira, porque yo creo que hay muy pocas cosas que son verdad del todo o que al menos no son un poco mentira. Así hasta que Miguel pega un frenazo y dice muy bajito: Mierda. Y luego: Mierda, mierda, mierda. Cada vez más alto. Y otra vez, mierda, y otra, muchas veces seguidas. Hasta que por fin apoya la cabeza en el volante y, con todas sus fuerzas, suelta un mierda lleno de babas que me pone la piel como si me hubiera caído dentro de una piscina muy fría.

*

El policía se ha quitado el casco y nos hace señas para acercarnos a un surtidor de gasolina. Miguel conduce hasta allí con los dientes muy apretados y baja la ventanilla. El policía nos desea buenos días y nos recuerda que tengamos cuidado con el calor y le indica a Miguel la dirección que debe seguir para llegar hasta la autovía. Y Miguel otra vez, que sí, que sí, que gracias. Luego entra en el bar y se sienta en la barra. Miguel no deja de mirarlo como hacen los superhéroes cuando quieren quemar algo con los ojos. Agarra el volante con tanta fuerza que se le ponen las manos muy rojas. Tiene el pelo como mojado y le cae una gotita desde la frente hasta la mejilla. Mierda, dice otra vez, y empieza a rebuscar en la guantera y debajo de los asientos y en una cajita llena de llaves y en los bolsillos del pantalón. Cuando por fin entiendo lo que está pasando, me acuerdo de algo. Me acuerdo de mamá, de que está de guardia y de la hamburguesa con queso. Así que cojo la mochila y de la mochila saco mi estuche, y del estuche saco una bolsita pequeña con cremallera y de la bolsita pequeña con cremallera saco un billete arrugado y se lo pongo a Miguel delante de las narices.

Miguel me mira como si no entendiera nada, y luego me mira como si lo entendiera todo. Yo pensaba que se iba a poner muy contento y me iba a dar un beso como el del policía o algo así, pero al final lo único que hace es quitarme el billete y decir: Será mejor que vayas al baño, puede que tardemos en volver a parar.

*

A qué sabe, le pregunto cuando enciende otro de sus cigarrillos especiales —así los llama él en casa: cigarrillos especiales—. Miguel me mira de medio lado, como si lo hiciera solo con un ojo, o como si no quisiera que yo le vea mirarme. Sonríe con la boca torcida hacia abajo, sujeta el cigarrillo con dos dedos, sopla la puntita y me lo acerca. Yo me lo llevo a los labios como hace él y aspiro un poquito. Entonces descubro que es mentira eso que sale en todas las películas cuando un niño fuma por primera vez y empieza a toser y dice qué asco y pone cara de haber chupado un sapo. Nada de eso. Yo no toso, ni me da asco ni pongo cara de haber chupado un sapo. Es más, creo que me gusta. Creo que el humo está riquísimo. No puedo decir a qué sabe. Sabe a algo que no puedo comparar con nada. Al color verde, por ejemplo. A masticar orégano. Quiero repetir y me lo vuelvo a llevar a la boca. Como Miguel intenta quitármelo, yo succiono tan rápido y con tanta fuerza que siento que la cabeza entera se me llena de humo y que me va a salir por los ojos. Eh-eh-ya-ya, dice Miguel entre asustado y divertido por mi hazaña. A mí de pronto me da risa y le imito con voz de teleñeco, eh-eh-ya-ya, y entonces sí, toso.

No pasan ni cinco minutos cuando el coche comienza a balancearse de izquierda a derecha. La carretera se ha vuelto líquida. Un río de gelatina negra. Navegamos. He dejado de pesar. Siento que floto, o que vuelo, o tal vez estoy volando de verdad. Miguel al verme se empieza a reír, pero esta vez de verdad. Se le caen las lágrimas y todo, y se lleva una mano a la barriga y se pone tan contento que hasta me deja poner música en la radio a todo volumen y sacar la cabeza por la ventanilla e incluso me cuenta un par de chistes que no entiendo, pero que son los mejores chistes que me han contado en toda mi vida.

*

No sé cuándo ni cuánto ni cómo, pero me he quedado dormida. Cuando despierto, estamos en el aparcamiento de un centro comercial. Estoy mareada y me cuesta abrir los ojos. Miguel me da una botella de agua y un dónut de chocolate. Sobró dinero de la gasolina, me dice; ven conmigo, me dice.

Salimos del coche y caminamos hasta una gran tienda llena de maniquíes vestidos con ropa terriblemente fea. Miguel me lleva a la sección de ropa interior de niña y allí pasa un rato haciendo sonar las monedas que tiene en el bolsillo. A veces mira al techo. A veces le da vueltas a los paquetes de braguitas como si buscara algo. A veces mira al señor de uniforme que camina entre los pasillos. Cuando el señor de uniforme se aleja y nos quedamos solos, Miguel se esconde detrás de una columna y se abre la chaqueta para guardarse el paquete dentro.

Rápidamente yo le digo que no lo haga, que no es necesario, que tengo una idea estupenda. Miguel me mira sin entender, pero yo no le digo nada porque estoy segura de que lo va a entender enseguida. Le quito el paquete de las manos, saco unas braguitas de la bolsa, las envuelvo en una camiseta roja y me acerco a una dependienta para decirle que me gusta mucho la camiseta, que hoy es mi cumpleaños, que quiero probármela, que mi papá quiere regalármela. La dependienta me sonríe y luego sonríe a Miguel y las orejas se le ponen más rojas que el rojo de la camiseta.

*

El sol está tan bajo que casi no podemos ver la carretera. Empiezo a pensar que no nos va a dar tiempo a volver a casa antes de que se haga de noche. Tendremos que dormir en el coche, pienso, o en un hotel de carretera como en las películas, o acampar en el bosque con una gran fogata. Y estoy pensando todas estas cosas cuando Miguel gira a la derecha y descubro que hemos llegado al mar.

Miguel para el coche y los dos nos quedamos mirando el inmenso océano de color gris que tenemos delante. El agua me recuerda que, siempre que íbamos al mar, mamá y yo hacíamos la misma broma: papá arrancaba el coche y nosotras nos mirábamos y decíamos a la vez «ya huele a mar». Se lo cuento a Miguel, que mamá y yo teníamos esa broma, o que yo siempre hacía esa broma cuando íbamos a la playa, y entonces Miguel me sonríe por primera vez, o sea, me sonríe por primera vez con toda la cara, y dice: Hace muchos años que no huelo el mar. Así que abrimos por completo las ventanillas y sacamos la cabeza y respiramos todo lo fuerte que podemos.

Cuando meto de nuevo la cabeza en el coche, veo que Miguel me mira sin pestañear, como si se hubiera quedado congelado de golpe o como si estuviera ciego. ¿Puedo bañarme?, le pregunto. Y otra vez: ¿Puedo bañarme? Pero Miguel está petrificado. Miguel, le digo, y al oír su nombre Miguel vuelve de pronto a la vida. Mira el reloj, se pone serio de mentira y después de unos segundos levanta las cejas y la cabeza en dirección al mar.

Así que salgo corriendo hacia el cielo y las nubes y la arena y el agua. Miguel también sale del coche. Me gusta mucho que Miguel y yo seamos las únicas personas de toda la playa mientras el sol se hincha y se pone del color de los melocotones. Miguel camina despacio, unos pasos por detrás de mí. Yo le grito que se bañe, que ya verá, que voy a enseñarle a bucear y hacer el muerto, que se bañe, porfaaa, que ya verá, que el agua está buenííísima, aunque en realidad me duelen las piernas de lo fría que está. Por primera vez Miguel parece hacerme caso. Se quita la camisa y los zapatos y los pantalones y poco a poco se mete conmigo en el mar.

Cuando regresamos al coche pongo la calefacción a tope. Miguel se queda fuera, fumando sobre el capó. Se le ha rizado el pelo y casi no se le ven las orejas de soplillo. Está guapo, pienso, y saco la cabeza por la ventanilla para decirle que le queda mucho mejor el pelo así, o sea, mucho mejor que todo echado para atrás como con pegamento. Miguel no me escucha, o tal vez no quiere escucharme, o tal vez hace como que no me escucha. Luego se incorpora, enciende otro cigarrillo y se aleja rodeado por una nube de humo.

*

La luna ilumina el mar. El agua brilla como si tuviera galaxias en su superficie. Es tan bonito que me gustaría quedarme mucho tiempo, pero Miguel dice que tenemos que irnos, que se ha hecho tarde, que todavía nos queda mucho camino y luego me pregunta si tengo hambre. Yo me muero otra vez de hambre, pero le digo que estoy llenísima. Sé que no tenemos mucho dinero, y lo poco que tenemos prefiero que Miguel se lo gaste en echar más gasolina porque mamá siempre dice que estos coches viejos gastan mucho y yo lo último que quiero es que el viaje se termine. ¿Estás segura?, me dice. Yo me toco la barriga e hincho los carrillos. Bien, dice Miguel. Bien, repite al tiempo que arranca el coche.

Aunque tengo sueño, quiero mantenerme despierta porque es lo que mamá siempre hacía cuando papá conducía de noche. Quedarse despierta. Darle conversación para que papá no se durmiera. Se lo digo a Miguel y él me pregunta que de qué quiero hablar y yo le digo que no sé, que me cuente una historia de cuando era pequeño, y Miguel empieza a contarme que la última vez que estuvo en el mar fue hace muchos años, con mamá. ¿Con mamá? Y me pongo cómoda para escuchar la historia, y me encojo, amodorrada por el cansancio y la calefacción, y...

*

El asiento está completamente echado hacia atrás y tengo la chaqueta de Miguel encima como si fuera una manta. Ya es completamente de día y hasta que no paramos el coche y me incorporo no me doy cuenta de dónde estamos.

Miro a Miguel. Tiene una cara tan triste o tan asustada o tan inexpresiva que pienso que va a decirme algo muy importante, pero no dice nada. Yo tampoco le digo todas las cosas que me gustaría decirle. Que ha sido el cumpleaños más divertido de mi vida. Que siento mucho las cosas feas que le he dicho. Que en realidad me parece muy guapo. Que he pensado que siempre que mamá esté de guardia podemos gastarnos el dinero de la comida en gasolina e irnos a la playa o a buscar su juventud si la pierde algún día.

Pero al final no tengo valor de decir nada de todo eso. Así que cojo mi mochila y salgo del coche en silencio.

Enseguida me doy cuenta de que Miguel sigue sentado en el coche con las dos manos en el volante y la mirada fija en las montañas o en el horizonte o en el vacío, pero aquí no hay montañas ni horizontes ni vacíos. Así que le pregunto que por qué no apaga el motor, que si no está cansado después de conducir tantas horas, que si no piensa entrar a desayunar con mamá y conmigo. Pero Miguel no me contesta, o tal vez no me escucha, o tal vez no ha decidido todavía si va a entrar en casa o no.

LOS ESTUDIANTES DEL CÍRCULO POLAR

No debería haberlas estrenado hoy. Medio tacón, media caña, medio sueldo. Ay.

Trazo el camino en mi cabeza: primero unas construcciones sin tejado, luego una especie de vertedero de hierros y electrodomésticos, luego un bar, luego más casas, hechas y deshechas, luego...

Las aceras y el asfalto se agrietan, se diluyen. Huellas de neumáticos que parecen de plastilina. Légamo y pecina verdosa. Barro.

Qué pena todo.

Reconozco algunos lugares de cuando era niña y venía a jugar al barrio (iglesia, quiosco, descampado); cuando todavía se veían viejos con bastón embebidos en su cháchara insustancial y madres primerizas empujando carritos de bebé. Cuando todavía las vías del tren no eran una frontera.

Otro tiempo, mismo lugar.

Sigo. Sigo sin detenerme a saborear la nostalgia. Esquivo charcos, basura, perros feos, perros cadavéricos, perros llenos de espasmos, inmunes ya a dar o recibir cariño.

Todo parece abandonado y, sin embargo, siento que aquí vive mucha gente. Hombres y mujeres sin rostro. Hombres y mujeres delgados como palos que al caer la noche caminarán con la vista en el suelo, a pasitos rápidos y cortos. Así caminan.

Algunos niños juegan a la pelota. Todavía queda algo de vida. Todavía queda algo de belleza. Más allá, un grupo de cuatro adolescentes lanza piedras hacia un gato que, indiferente, duerme sobre una tapia.

Aquí nada está hecho para ser mirado.

Aprieto el bolso contra el pecho. No debería estar aquí. Fueron ellos. Se empeñaron. Se empeñaron en que el mestizo tenía que repetir.

El mestizo. Así le dicen.

El mestizo, por medio gitano, por medio payo, por medio delincuente, por medio huérfano, porque padres tiene, tendrá, claro. El mestizo, trasquilado, zapatones, bocamangas sucias, los cordones medio desatados y la camisa medio salida y los pantalones medio caídos que se levanta con una mano cada dos o tres pasos. El mestizo. Dan ganas de comprarle un cinturón o de ponerle una cuerda o qué sé yo. Pobre muchacho. Va siempre tan desaliñado que solo con verlo una empieza a preocuparse de su propio aspecto. Eso sí, luego en el aula hay que aguantarlo. Uy, en el aula. Todo se lo toma como un desafío y cualquier advertencia es un reto al que debe atender.

Por fin, la casa.

Por alguna razón intuyo que no están acostumbrados a

las visitas. Todo está cerrado y, sin embargo, desde dentro me llega un olor. Huele a algo muerto o a punto de morir. Levanto la cabeza para respirar aire limpio, pero el aire es una materia arenosa que cuesta inhalar. El cielo parece pintado a brochazos con el mismo barro del camino, el mismo barro que hay en la punta de mis botas nuevas.

Nadie responde. Ya está, me digo. He cumplido con mi responsabilidad, me digo. Poco más puedo hacer. Suspiro, aliviada, y me doy la vuelta para regresar al coche. Pero la puerta se abre, y tras la puerta asoma una mujer, y con la mujer me llega un tufo de matadero que parece empujarme.

Una gitana, morena, bonita, los ojos dos piedras negras. Viste como se visten las gitanas para ir a misa. Tiene todo el maquillaje desdibujado por la cara. Huele a sudor y a cigarrillos. Huele como huelen las peores cosas. Me dice: No puedo parar, necesito que alguien me ayude. Le pregunto qué ayuda necesita y me cierra la puerta como si cerrara un ataúd. Eso es lo que siento.

Sé que no debería, pero...

Me asomo a una ventana.

Televisor lleno de niebla, botellas vacías, cacharros sucios, cartones, ropa colgada de la barra de las cortinas: el aspecto que dejan las inundaciones cuando las aguas se retiran.

Llega un hombre en una furgoneta. Me da miedo. Me da miedo la furgoneta y me da miedo el hombre. Una mata de pelo negrísima le asoma por la camisa como un animal de las estepas. Sucio, despeinado, maldormido: un hombre insensible a las apariencias. Me mira de abajo arriba. Me mira sin mirarme. Con los dedos en pinza se limpia una sustancia blanca, densa, pegajosa, que le crece en la comisura de los labios.

Es evidente que no le cuadra la realidad con el esquema de su pensamiento.

Sin mediar saludo, se disculpa por la conducta de su mujer. Se disculpa en una suerte de monólogo aprendido, porque en realidad él no ha visto nada. Está atravesando una mala racha, me dice. A veces vienen malas rachas, añado al momento sin saber muy bien por qué o para qué.

El hombre me mira como si yo fuera la primera persona del mundo que comprende el peso de su carga.

Hablo.

Como no sé qué hacer o qué decir, hablo.

Él escucha todo lo que tengo que decirle. Lo de la papelera y el fuego, por ejemplo. Podría haber elegido cualquier otra cosa. Las ventanas del gimnasio o la bomba del laboratorio. Pero elijo la papelera y el fuego. Lo que no le digo es lo que comentaron algunos profesores, todo eso de que con unos años más lo habrían enviado a la cárcel envuelto en papel de regalo, que el mestizo tiene demasiadas horas de calle, que le gusta caminar sobre hielo fino. Tampoco le digo lo que solo se dice en voz baja: que se le ha visto en ciertos sitios, haciendo ciertas cosas. Ni le hablo de la exigencia del profesor de Matemáticas para su inmediata expulsión porque *yo no tengo capacidades pedagógicas para dar clase a un delincuente*. Es irónico, le contesté, cualquiera que no sabe qué hacer con su vida se mete a profesor. O tal vez no. Tal vez no lo dije. Tal vez solo lo pensé. Más bien sería esto último.

De lo que sí le hablo es de la historia que ha escrito su hijo. Y según saco la carpeta del bolso, siento como el hombre se acerca para mirar lo que hay en el interior, siento incluso que solo tiene que estirar la mano para llevarse mi cartera, mis llaves, para golpearme y dejarme tirada en el barro.

Levanto la cabeza y me sorprendo al ver que todavía sigue a más de tres pasos de mí. Le digo con muchos rodeos que pienso que (tal vez) su hijo la haya copiado, que (seguramente) tendré que suspenderlo… y que además tendrá (es muy probable) que repetir curso.

¿Por una redacción?

No, claro, por una redacción no.

Ya.

No sé por qué le hablo entre supuestos de una medida que ya está tomada y firmada. Cuando se decidió que repitiera, le di al chico una citación para sus padres. Recuerdo bien que me miró con unos ojos que hacían pensar en la mala suerte, en los caminos equivocados. Una mirada de niño mudo. La misma mirada con la que su padre mira mis botas nuevas, sucias, carísimas. Cómo se me ocurre...

No vinieron a verme, claro. Sus padres. No vinieron a verme. Tampoco lo esperaba. Era mi deber como tutora asegurarme de que conocían la decisión del claustro, pero sobre todo quería hablar con ellos sobre la redacción.

La leí muchas veces. Tantas que podría recitarla entera. El mestizo tenía una letra de enfermo de Parkinson, una ortografía extranjera, pero su historia tenía ese algo de belleza de las historias más tristes. De las más terribles.

Viniendo del mestizo parecía lógico pensar en su falsedad, en el plagio más inocente e impúdico. Fusilar, dicen ellos ahora con ese lenguaje tan violento que poco a poco se apropia hasta de lo más sencillo. Pero lo cierto es que la había escrito en clase, frente a mí, durante sus largas horas de castigo en la biblioteca (esa habitación: oscura, fina capa de polvo sobre los muebles, crucifijos, vitrinas cerradas con llave).

El mestizo no podía. El mestizo no sabía. Tal vez la llevara aprendida de memoria. Otra de sus bromas. Hice búsquedas en internet, pregunté a las demás profesoras de Lengua. No logré identificar la fuente.

Me negué a suspenderlo, por eso y por otras cosas, pero en ningún caso por lo que se dijo en el claustro: Claro, apruebas al salvaje y el problema se lo pasas a otros el curso que viene.

Bajé la vista. Me mordí el labio. Ya os enteraréis cuando esté bien lejos, me dije.

Cerca del Círculo Polar.

Termino de hablar, de explicar, de intentar diferentes caminos para no llegar a ningún sitio. El hombre da un paso atrás y mueve su bigotón de foca como si fuera a decir algo largamente meditado. Copiado, dice. Hablaré con el chico, dice. Es un buen muchacho, dice como ofreciendo una disculpa que nadie le ha solicitado.

Ya, ya, le digo, si yo solo quiero… (no sé lo que quiero)

El hombre hace entonces algo del todo inesperado: empieza a leer la redacción.

Utilizo ese tiempo para observarlo, para buscarle parecidos con el mestizo: piel dura como el papiro, bronceada por el sol de los pobres, nariz partida, manos grandes que no casan con su cuerpo. Está todo el día leyendo, dice sin levantar la mirada. No sé por qué le ha dado por ahí, dice. Lo habrá copiado de alguno de esos libros que trae de no sé dónde, dice.

Ya.

El hombre tiembla como un grifo que lleva mucho tiempo cerrado y respira de manera profunda y entrecortada. Por un momento parece que va a llorar. Es guapo, pienso, o al menos podría llegar a serlo. Esa clase de belleza a la que le sienta mejor un mono de trabajo engrasado que un chaqué. Su tristeza, sin embargo, es fea y sucia como el mismo barrio. Todo en él provoca repugnancia y lástima, pero también una ternura irresistible. Extiendo la mano para tocar su piel, para comprobar si es tan dura como parece. Y, sin darme cuenta, sin apenas ser consciente, la llevo hasta su cara para besarlo.

El hombre me pega un manotazo y retrocede como si mis dedos fueran cables eléctricos.

Silencio.

Más silencio.

Trato de quitarme el barro de una bota con el tacón de la otra.

Rebusco en el bolso.

Cuento hasta diez.

Miro las nubes.

Pienso en mis primeros años de maestra; cuando todavía me quedaba con nombres y rostros. Con carencias y virtudes. Hasta llegaba a encariñarme con los alumnos, a preocuparme sobre qué fue de fulanito o dónde se matriculó menganito. Fantaseaba, sí, fantaseaba con lo que podrían conseguir. Aparecían frente a mí médicos, exploradores, pilotos, funcionarios de Naciones Unidas, activistas medioambientales, escritores, misses. Me emocionaba, para qué negarlo. Algo así como una maternidad ya usada, precipitada y torpe. Tanto da, luego la vida comenzaba con sus chapuzas hasta convertir a aquellos prototipos de grandeza en lo que somos todos, un amasijo de derrotas y normalidades.

Siento aún la aspereza de su piel en la yema de los dedos.

Descuento del diez al uno.

Cuando yo era niña venía a jugar mucho por aquí, digo cuando ya no soporto más silencio, a ese descampado, y señalo un lugar vacío e indefinido como para mostrarle algo que él no conoce. El hombre levanta los ojos y busca a su alrededor. No mira, más bien recuerda.

Esto ha cambiado mucho.

Esto ha cambiado mucho, repite él.

Sí, ha cambiado mucho.

Sí, lo ha hecho.

Sí.

Un grito que viene del interior de la casa nos saca del letargo. Un estruendo de vidrios rotos, de cuberterías volcadas. De cosas que no habrá manera de recomponer para que vuelvan a ser lo que fueron.

No se encuentra bien, dice.

Ya.

Parece imposible, pero el hombre agacha aún más la cabeza para embestir, para abrirse paso como un toro aprendido y entrar en esa casa tan afantasmada donde a pesar de no entender nada de lo que ocurre al menos aún se siente dueño de la realidad.

Pero yo no quiero que desaparezca, no quiero que me deje allí sola con el barro y la culpa. Quiero sentir un poco más su hedor salvaje, su piel endurecida, sus miserias de recadero. Quiero que su ronquera vuelva a reverberar en mi pecho y cogerle esas manos llenas de polvo de cemento con las que podría romperme el costillar o la mandíbula si quisiera.

En Noruega nadie repite curso.

¿Noruega?

Sí, le digo, estigmatiza, es decir, marca y desmotiva al alumno.

Sé lo que significa estigmatizar, me dice con una ira desconocida hasta entonces, mire a su alrededor.

Trato de disimular, de mostrar que no le he oído. Es un desastre para el sistema, añado, se mire en los términos que se mire. El hombre gira la cabeza y por primera vez me mira a los ojos.

Sus ojos: grises como una nube, fieros, cansados.

Hablaré con el crio.

Asiento y hago ademán de marcharme.

Es él quien me detiene esta vez. Tampoco quiere que me vaya. Lo siento de algún modo en la base de mi espina dorsal. No quiere quedarse solo con esa mujer que parece habitar en otra galaxia y con ese hijo al que solo le separan de la cárcel dos cosas que seguro llegarán: más años de vida y un delito.

¿Quiere decir que ya está decidido, va a repetir?

Así es.

Entonces, ¿a qué ha venido?

Me gustó su redacción. Además, soy su tutora.

¿Entonces será usted otra vez su tutora el próximo curso?

Meto la mano en el bolso para sacar el sobre del Consulado de Noruega y le explico que me han concedido una beca para dar clases en el extranjero. Un año, sabe, o sea, un curso entero, tal vez dos, no aguanto más aquí.

Me arrepiento e intento que las palabras regresen a mi boca.

El hombre me mira las botas por última vez y levanta media sonrisa, satisfecho. Ahora sabe. Ahora entiende. Ha conseguido de mí la confesión que buscaba. Dobla la redacción de su hijo y se la guarda en el bolsillo. Con la mano en alto intento decirle que tiene que devolvérmela, que las normas, que el inspector de educación, que los archivos del centro. Pero ya es tarde.

La mujer vuelve a gritar. Un portazo, estruendo de cazuelas y el hombre ha desaparecido.

Miro el reloj. Oscurece. Debería irme.

Me voy.

Me paro.

Vuelvo.

Me asomo de nuevo a la ventana.

La mujer está sentada en el sofá.

El hombre la mira desde lejos. La mira como se mira a un oso salvaje que ha entrado en tu cabaña del monte en mitad de la noche. Trata de decir algo, pero resbala por la pared igual que una marioneta a la que le han cortado los hilos y esconde la cabeza entre las manos.

La mujer se levanta, camina en círculos, mueve las piernas a la velocidad en que aletea un colibrí, se sienta, grita, grita como se le grita a la luna y al espanto, como grita un quemado, un ave lanceada, un enterrado vivo; como me gustaría gritar a mí.

Es ahora cuando aparece el mestizo. Entra por una ventana. Descamisado y sucio. Se acerca a su madre y le pone la mano en las piernas. Eso parece calmarla, eso parece hipnotizarla. El mestizo levanta la mirada y me ve, o creo que me ve, o tal vez no me ve. Pero yo sí veo, y lo que veo es cada una de las palabras que ha escrito en su redacción como si fueran títeres actuando en un escenario frente a mí.

Con la vista fija en mis botas nuevas regreso al coche lo más rápido que puedo.

Intento no pensar, no pestañear, no respirar, no ser.

Hasta que no entro en el coche y cierro las puertas, no soy capaz de romper a llorar. Saco un pañuelo de la guantera y me limpio el barro de las botas. Ya nunca más serán nuevas, me digo, ya no valen nada.

Encima del salpicadero veo el sobre con el billete de avión a Tromsø.

Lo abro. Lo saco. Lo leo.

Intento descifrar cada sigla, cada cifra, cada letra, cada código del billete.

Nada tiene sentido. ¿Habrá barro en Noruega? Qué tontería. Qué tonta soy.

Cierro los ojos. Respiro. Respiro y tomo la decisión.

Cojo el billete con las dos manos. Lo cojo como se coge una hoja que se piensa rasgar. Y sin pensarlo, sin mirarlo más siquiera, le doy un beso, me lo llevo al pecho y lo guardo con cuidado dentro de una cremallera del bolso.

LAS PROPIEDADES BÁSICAS DEL FUEGO

El fuego de color rojo es el fuego más frío. Esto es algo que muy poca gente sabe. El fuego rojo va desde el rojo oscuro hasta un rojo cereza brillante. Cuando el fuego rojo se calienta hasta los 1100 grados, comienza a volverse naranja. El fuego más caliente da una llama de color blanco y con él se puede derretir el hierro como si fuera un cubito de hielo puesto al sol.

*

El fuego más bonito que he visto en mi vida es el que se produjo en el colegio aquella tarde. Pude ver llamas azules, turquesas, rojas, anaranjadas y amarillas. No vi llamas blancas, verdes ni rosadas. Para conseguir una llama rosada se necesita cloruro de litio que no sé lo que es.

Cuando llegué al colegio todo el barrio estaba detrás de una cinta blanca que ponía *Policía Local* en letras grandes y azules. Había personas que negaban con la cabeza y otras que tenían la mano en la boca. Dijeron que el humo podía verse a varios kilómetros de distancia. También dijeron que el fuego había empezado detrás de la caseta de Manuel, el hombre para todo de las monjas. Manuel reparaba grifos, baldosines, persianas, lo que fuera. Recuerdo que, en los recreos, mi amigo Miguelín y yo nos escapábamos para visitarle. Su caseta estaba llena de herramientas viejas, jilgueros y serrín. Allí olía a alcohol, a mierda de pájaro y a café. A mí me gustaba toda esa mezcla de pestilencias. Cada vez que a Manuel se le apagaba el puro, lo encendía con la llama azulona del soplete. Esto lo pagan esas arpías, decía enseñándonos una boca que me recordaba a la cueva de estalactitas que vimos en las diapositivas de clase de Ciencias Naturales.

Cuando dijeron eso de que el fuego se había originado en la caseta, casi linchan a Manuel allí mismo. Manuel estaba tan triste por sus jilgueros que creo que le hubiera dado igual. Recuerdo que los enterró con tanta pena que parecía que enterraba a sus mejores amigos.

Tiene que ser triste que se te mueran tus mejores amigos, aunque también tiene que ser triste que tus mejores amigos sean unos jilgueros.

*

Mi mejor amigo es mi amigo Miguelín Atienza. Mi amigo Fran López y mi amigo Tano Guzmán también son mis amigos, pero mi amigo Miguelín un poco más.

Siempre que pienso en mi amigo Miguelín, me acuerdo de su mamá. La mamá de mi amigo Miguelín era muy guapa, aunque también es cierto que a mí todas las mamás me resultaban guapas. Cierro los ojos y la veo con su vestido negro de lunares. Una coleta hecha con un pañuelo. La cara algo sonrojada y muy limpia. Los labios muy rojos. Recuerdo que siempre venía a buscar a mi amigo Miguelín a la salida del colegio. Lo primero que hacía era darle un beso. Le arreglaba el flequillo con un dedo y se quedaba como embobada buscando algo en la cara de mi amigo Miguelín. Qué sé yo. Así miran las madres. Luego, cuando se acordaba de respirar, le preguntaba por lo que habían servido en el comedor. Por los deberes que le habían puesto. Por el recreo y esas cosas, también de madre. Mi amigo Miguelín le daba la mano y se iba con ella dando saltitos. Bailaba como un perrillo estúpido y alegre.

*

Lo peor de que se quemara el colegio es que ya no pudimos volver a jugar en el patio. En los recreos hacíamos porterías con dos piedras, una papelera de metal y la mochila de mi amigo Miguelín, que siempre se la quedaba de portero porque, si se rompía los pantalones, su mamá tenía que pegarle unas rodilleras con la plancha.

Me acuerdo perfectamente del día que se los rompió. Él allí, el pobre Miguelín, en calzoncillos porque no tenía más pantalones que los del uniforme. Moqueaba y lloraba entre hipidos mientras su mamá lo amenazaba con el pico de la plancha. Ay, ella también lloraba. Se ponía el envés de la mano izquierda en la nariz y con la derecha le planchaba el remiendo sobre la pernera. Y nosotros allí también, en la puerta de su casa, como arrepentidos de algo, con el balón de trapo y las uñas sucias escondidas en el puño, avergonzados por ver a mi amigo Miguelín en calzoncillos. Luego pasamos la tarde muy callados, como si se hubiera muerto alguien, hasta que mi amigo Tano dijo: Qué guapa que es la mamá de Miki, un día me casaré con ella. Y de pronto me puse muy celoso, porque yo también amaba a la mamá de mi amigo Miguelín como el que más.

*

Yo no creo que la mamá de mi amigo Miguelín estuviese tan loca como se decía, aunque sí que es verdad que a veces tenía aspecto de estarlo. En poco tiempo se transformó en una de esas señoras que van siempre con zapatillas de estar por casa, con túnicas muy largas y holgadas, y que caminan como las ocas del parque y cargan con bolsas de la compra de aquí para allá a todas horas mientras maldicen y miran al suelo. Cuando alguien se dirigía a la mamá de mi amigo Miguelín con un *buenosdías* o un *quetalestá*, ella bajaba la cabeza para no responder. Y siempre caminaba apresurada, siempre asustada, siempre a pasitos cortos que apenas levantaba del suelo.

Recuerdo que un día pasó muy cerca de nosotros. Parecía un gato mojado. Recitaba maldiciones y movía la boca en un amago de canción que nadie más que ella escuchaba. Su voz tenía el tono idiota de la mujer esa que te echa las cartas en la taberna del Chan para descubrirte el futuro. El caso es que detuvimos el partido de fútbol sin saber por qué, y también sin saber por qué tardamos en recuperar las ganas de seguir jugando. No sé si todo esto significa algo.

*

Bueno, significar seguro que significa algo, pero es que yo, a veces, no me entero de por qué está la gente triste. Otras veces se ríen de algo y yo no le veo la gracia. Esas cosas sí que me cuesta entenderlas. A lo mejor por eso no empecé a darme cuenta de todo hasta que pasó lo del cumpleaños de mi amigo Fran.

Ese día mi amigo Miguelín apareció en casa de mi amigo Fran, repeinado como cuando era más pequeño, con los zapatos mal embetunados y un jersey de renos en pleno mes de junio. Un jersey de lana gorda y cuello vuelto que le iba al menos tres tallas grande. Su mamá venía con él. Tenía un aspecto algo desaliñado, con ese pelo grasiento de los viejos que se tapan la calva con mechones muy largos, y aunque no dejó de repetir que solo había subido para saludar, se quedó en casa más de una hora.

Tengo que decir que fue un cumpleaños de lo más extraño. La mamá de mi amigo Miguelín no dejaba de hablar. De tocarlo todo. De decir una y mil cosas sin sentido. Por ejemplo, hacía muchas preguntas y nunca esperaba la respuesta. Por ejemplo, rompió varios platos de postre. Por ejemplo, nos dejó carmín en las mejillas mientras repetía sin parar lo guapísimos que estábamos. Todos mirábamos a la mamá de mi amigo Fran en busca de explicaciones, y la mamá de mi amigo Fran nos devolvía unos ojos muy abiertos con una sonrisa como de mentira. Luego se iba a la cocina y discutía en susurros con su marido; una sombra alargada que movía mucho las manos.

En un momento dado, la mamá de mi amigo Miguelín dijo que pronto iba a ser el cumpleaños de su hijo, es decir, el cumpleaños de mi amigo Miguelín, y que estábamos invitados y que iba a hacer una tarta enorme y no sé cuántas cosas más a cual más rara.

Mi amigo Tano preguntó cuándo era el cumpleaños de mi amigo Miguelín y nadie supo responder.

Aunque era una fiesta, todos estábamos muy tristes, como el día que mi amigo Miguelín se rompió los pantalones. Pero ya he dicho que yo a veces me equivoco con lo de estar triste o contento, así que no estoy seguro de que sea un buen ejemplo.

Vamos, ¿qué haces ahí parado?, le decía la mamá de mi amigo Miguelín. Dale el regalo a tu amiguito, ¿no ves que es un cumpleaños?, en los cumpleaños se dan regalos, ¿verdad, verdad, verdad?, ¿a que sí?, ¿a que es verdad que en los cumpleaños se dan regalos? Todo eso decía. Y aplaudía. Y daba vueltas sin parar mientras preguntaba por qué no hay música, tengo ganas de bailar, ¿es que nadie más quiere bailar?

Es un dibujo, dijo mi amigo Miguelín rojo de vergüenza, lo he hecho yo. Y le entregó a mi amigo Fran el regalo con esas manazas de albañil que tenía mi amigo Miguelín mientras su mamá daba palmadas y cantaba *es un muchacho excelente*. Mi amigo Miguelín nos regalaba a todos lo mismo por nuestro cumpleaños. Nos hacía una especie de caricatura con líneas en el culo y moscas y cacas y cosas de esas. Tano nos dijo después que mi amigo Miguelín hacía esos regalos porque en su familia eran pobres, y que no había que reírse de él porque nadie tiene la culpa de ser pobre.

*

Mi amigo Miguelín será pobre, pero también es la persona más lista que he conocido. Es tan listo que me ha enseñado muchísimas cosas.

Por ejemplo, me ha enseñado a quemar insectos con una lupa. Por ejemplo, me ha enseñado a encender y fumar las colillas del suelo porque saben igual que los cigarrillos recién comprados en el quiosco de Jacinto. Por ejemplo, me ha enseñado que, si quieres encender un fuego, necesitas combustible, oxígeno y calor. Por ejemplo, me ha enseñado que la Tierra es el único planeta del Sistema Solar donde puede producirse un incendio. Por ejemplo, me ha enseñado que el ser humano descubrió el fuego hace más de un millón de años. Por ejemplo, me ha enseñado que, durante un incendio en el bosque, un árbol puede llegar a explotar si el agua que tiene dentro se convierte rápidamente en vapor.

*

Yo una vez tuve ganas de explotar como un árbol en un incendio. Fue el día en que escuché decir a sor Nieves una cosa que no entendí del todo pero que me puso triste y furioso a la vez.

Sor Nieves dijo que yo le daba mucha envidia por vivir en la confortable tibieza del analfabetismo.

Después de aquel día me ha pasado muchas otras veces. Lo de llenarme de vapor y querer explotar, quiero decir. Por ejemplo, cuando las maestras se negaban a contestarme. Que yo seré medio tonto como dicen, pero hay cosas de las que me doy cuenta. Yo hacía preguntas y nada de nada, que no me hacían ni caso. Entonces me ponía a hacerme tatuajes a boli, o lo que sea, y a veces hasta me quedaba dormido en el pupitre de puro aburrimiento.

Mi amigo Miguelín se enfadaba mucho cuando no me contestaban y siempre lo castigaban por mi culpa. Como aquella vez que la catequista dijo que había hablado con Dios y que Dios le había dicho no sé cuántas cosas sobre mí y que, entre esas cosas que Dios le había dicho, una era que yo no estaba listo para tomar la comunión porque todavía era un poco tonto para entender lo del cuerpo y la sangre y todo eso de las tres tristes trinidades que trinan.

La verdad es que al principio no me importó, pero luego me puse muy triste al ver a todos los niños vestidos de marineritos y a todas las niñas de novias en miniatura. Mi amigo Miguelín se cabreó tanto que me cogió del brazo, me llevó hasta la capilla, abrió el sagrario a golpes y me dijo: De rodillas. Y yo me puse de rodillas, y mi amigo Miguelín apareció vestido con la sotana del cura como si fuera un fantasma y me dio de comulgar aquella cosa que se pegaba al paladar y me hizo así, como si me nombrara caballero andante, y luego nos bebimos todo el vino. Y, bueno, todo el mundo sabe lo que pasó cuando entró sor Nieves y nos vio allí, así que no lo voy a repetir.

Mi amigo Miguelín estuvo castigado una semana entera en la biblioteca. Las monjas lo sentaron en una silla, le pusieron una cadena y apagaron la luz.

Eso me lo contó a mí después, que pasó mucho miedo allí a oscuras rodeado de libros y de crucifijos.

Y tengo que decir que, sin mi amigo Miguelín, fue una semana muy aburrida. Recuerdo que dimos las partes del cuerpo en inglés, *nous, jed* y todo eso. Así que mi amigo Miguelín se quedó sin aprenderlas por lo que todavía fue peor para él porque ahora dicen que el inglés es necesario para conseguir ser alguien en la vida. Y todo eso a mí sí que me da pena, que yo poco voy a hacer, pero mi amigo Miguelín es que podría ser ministro o juez o algo importante.

*

El mismo día que sor Nieves dijo que yo tenía la sesera hueca y que vivía en la confortable tibieza del analfabetismo también le dijo a la otra monja cosas de mi amigo Miguelín. Dijo que mi amigo Miguelín era un niño resabiado, con muchas horas de calle, acostumbrado a contar lo que come garbanzo a garbanzo. Lo dijo conmigo delante porque se pensaba que yo no entendía de lo que estaba hablando. También dijo que habría que recetar un tortazo para tanta tontuna, que luego salen como salen, que se creía demasiado bueno para estar allí y que seguramente todos los problemas venían de esa casa. *De esa casa*, dijo, como si hablara de una casa encantada o algo así. Y, por último, dijo que la mamá de mi amigo Miguelín era un criadero de penalidades y que del papá era mejor no hablar. La otra monja dijo que lo que le pasaba a mi amigo Miguelín es que era un niño triste, y luego las dos se quedaron calladas de golpe como cuando una vela se extingue, o sea, cuando se apaga.

*

Yo creo que la monja que dijo que mi amigo Miguelín era un niño triste tenía más razón que sor Nieves con lo de que mi amigo Miguelín era un niño resabiado, signifique lo que signifique.

Es que mi amigo Miguelín era de lo más divertido y luego dejó de serlo.

Por ejemplo… ay, es que me acuerdo y todavía me da la risa. Tendríamos seis o siete años y estábamos en el recreo. Mi amigo Miguelín sacó una peluca de mujer y le dijo a Mercedes: Eh, Merceditas, cámbiame el uniforme. Y así se plantó en clase, con la falda tableada, las medias y los zapatitos de niña. La monja quiso sacarlo a guantazos de clase, pero mi amigo Miguelín se subió a la mesa y empezó palma va y palma viene y a bailar y a taconear y a agitar el bajo de la falda como la cantante Lola Flores.

Otro ejemplo: unas navidades compramos petardos en las casetas de artículos de broma. Fuimos al parque y empezamos a meterlos en cacas de perro, de pastor alemán o de mastín, no muy frescas a ser posible. Al poco rato empezaba a llover mierda y nosotros nos moríamos de la risa. No había quién respirara de lo mal que olía. Los viejos nos llamaban hijos de puta y nos amenazaban así con el bastón. Cabrones, nos gritaban al borde del patatús. Recuerdo que una vieja agarró desprevenido a mi amigo Miguelín y comenzó a sacudirle bolsazos en la cabeza. Y mi amigo Miguelín se reía tanto que no tenía fuerzas para escapar. Y la vieja venga a darle bolsazos. Y toma. Y más risas. Y así todo. Siempre. Todo el rato.

Ese era mi amigo Miguelín antes, por decirlo de algún modo.

Luego ya no.

O sea, quiero decir que luego cambió.

Por ejemplo, mi amigo Miguelín siempre regresaba a casa corriendo, pero poco a poco empezó a hacerlo muy despacio. Arrastraba los pies y hacía eses y oes y daba patadas a las piedras y se entretenía empujando a los saltamontes con un palito. Y ya no se reía. Bueno, a veces sí, cuando se daba la vuelta y nos miraba desde lejos, pero aquello no era una sonrisa, era otra cosa.

En poco tiempo mi amigo Miguelín se convirtió en alguien de pocas palabras. Desganado. Perezoso. Con los ojos siempre como deslumbrados por un foco y con las pecas confundidas entre la mugre. Pero nosotros de todo esto no nos dimos cuenta hasta que fuimos a buscarlo un sábado por la tarde a su casa para ir a los futbolines.

La puerta estaba cerrada. Las persianas bajadas. Todo oscuro. Todo callado. Nos extrañó. A mí, al menos, me extrañó. Normalmente la casa siempre estaba abierta. El salón, los pasillos y la cocina de la casa de mi amigo Miguelín eran una prolongación de la calle. Podías entrar a beber agua sin permiso, coger galletas, tirarte en el suelo a jugar, mover las figuritas de sitio y contar chistes de pedos. Pero lo que es seguro es que al día siguiente todo estaría ordenado, el jarrón de las galletas lleno y la puerta abierta otra vez.

Mi amigo Tano un día se cansó de todo esto y entró en casa de mi amigo Miguelín. Nos contó que allí olía a perro muerto. Que había mucho polvo, cacharros sucios, un sofá y una tele llena de niebla. Y que entre toda esa porquería se encontró a la mamá de Miguelín, ensimismada de cara a la tele como un ciego frente a una pared.

Eso fue lo que dijo y no nos quedó más remedio que creerle.

Así que desde aquel día empecé a fijarme en otros detalles que hasta entonces había pasado por alto y que le daban la razón a mi amigo Tano.

Por ejemplo, los papás de mi amigo Miguelín dejaron de regar los maceteros, de tender la ropa, de airear la casa. Por ejemplo, el padre ya no sacaba el tajo a la puerta las tardes de sol para fumar su picadura de tabaco mientras escuchaba los partidos en el transistor. Por ejemplo, la mirada de la mamá de mi amigo Miguelín se vació como la de un animal disecado.

Una de esas tardes la vi dando voces mientras golpeaba la puerta de una casa abandonada. Recuerdo que mi amigo Miguelín se acercó, le dio la mano y su mamá dejó de dar voces. Todo eso recuerdo.

*

Ya he dicho que mi amigo Miguelín es mi mejor amigo. Pero no siempre ha sido así, claro. Mi amigo Miguelín es mi mejor amigo desde el día en que los chicos del barrio me rodearon y me pellizcaron las tetas. Foca, me decían, gordo, me decían. Me tiraron al suelo, se sacaron las chorras y me mearon encima. Su pis estaba caliente y olía peor que el pis de mi abuelo. Yo lloraba y ellos se reían con bocas de tiburón.

Mi amigo Miguelín apareció de pronto con su sonrisa de chino feliz. Los chicos le señalaron con el dedo y le llamaron Dumbo, mira, ahí viene el orejón, dijeron, por qué no extiendes las alas, orejón, y es que mi amigo Miguelín tenía las orejas más separadas que el hijo de la reina de Inglaterra y parecía que con solo menearlas un poco fuera a echarse a volar. El caso es que yo pensaba que se iban a pegar, que seguramente mi amigo Miguelín habría avisado a su amigo Fran y a su amigo Tano y que se iba a liar una muy gorda. Pero lo que pasó fue que mi amigo Miguelín sacó de la mochila una lata de gasolina y un mechero y todos se marcharon corriendo igual que si hubieran visto al mismito diablo.

Así que ese día mi amigo Miguelín, además de convertirse en mi mejor amigo, también me enseñó que el fuego es una de las cosas que más pueden ayudarte y que más miedo dan en el mundo entero.

*

El fuego del cole sí que daba miedo. En poco rato se extendió por todo el edificio, incluso quemó un almacén de legumbres y una conejera abandonada.

Es que el fuego es una cosa rapidísima.

El verbo que se utiliza cuando el fuego se mueve de un sitio a otro es propagar. El fuego se propaga a la velocidad que camina una persona, pero en un bosque puede hacerlo a más de veinte kilómetros por hora, que es la velocidad a la que corre un atleta profesional de maratón, o sea, rapidísimo.

El sonido también es una cosa rapidísima, más incluso que un fuego o que un atleta profesional. Eso lo sé porque el día del incendio primero escuchamos las sirenas y después de un rato muy largo aparecieron los camiones de bomberos. Qué grandes y qué bonitos eran, todo rojos y brillantes. Había un montón de bomberos vestidos con abrigos gordos y cascos de astronauta. Parecían superhéroes. Dos de los más grandes metieron una manguera en una boca de incendios y el agua salió con una fuerza que a todos nos hizo soltar una exclamación de sorpresa.

*

Se desconoce quién fue el inventor de la boca de incendios, ya que la patente fue destruida en un incendio. Lo cuento porque creo que es gracioso, pero tampoco estoy muy seguro.

*

Tampoco estoy muy seguro de por qué mi amigo Miguelín dejó de venir al colegio, aunque, si me preguntasen a mí, yo creo que tuvo que ver con lo que pasó en la clase de matemáticas.

Hoy vamos a empezar con las divisiones, dijo sor Nieves una mañana al llegar a clase.

Miguel ya sabe dividir, dijeron muchos, y creo que lo dijeron para que ocurriera lo que ocurrió.

¿Es así, señor Atienza?, preguntó sor Nieves.

¿Lo qué?, dijo mi amigo Miguelín que estaba en babia como siempre.

Se dice el qué, señor Atienza.

Mi amigo Miguelín se encogió de hombros y todos nos reímos. Así que sor Nieves se enfadó, le dijo que fuese a la pizarra y le preguntó de nuevo si era cierto que sabía dividir.

Y claro que era cierto; mi amigo Miguelín era listo como un gato callejero, le dabas dos cifras y te las resolvía más rápido que la calculadora.

Muy bien, vamos a ver, dijo sor Nieves, escribe: 45 entre 15.

Mi amigo Miguelín nos miró y abrió la boca para dar la

respuesta, pero sor Nieves levantó el dedo índice y cuando sor Nieves levantaba el dedo índice siempre nos callábamos como si nos hubiéramos tragado la lengua: Te he dicho que escribas 45 dividido entre 15.

Ahora quiero que nos digas cuál es el dividendo y cuál es el divisor.

¿Cómo?

Que cuál es el dividendo y cuál es el divisor, ¿o es que sabes dividir, pero no entiendes el castellano?

No lo sé, sor.

Ah, ¿no?, ¿cuál es el dividendo? Mi amigo Miguelín señaló uno. ¿Estás seguro? Mi amigo Miguelín señaló el otro. Todos se reían. Algunos zapateaban contra el suelo. Mi amigo Miguelín empezó a ponerse nervioso. Se rascó el culo, se pasó la mano por el pelo y se lo llenó de tiza. Más risas.

Yo lo sé, sor, yo lo sé, decían todos con la mano tiesa como un palo de escoba.

¿Cuál es el divisor, señor Atienza?, ¿y cuál sería el cociente?, he creído entender que eras tan listo que no necesitabas mi clase.

Yo no he dicho eso, contestó mi amigo Miguelín.

¿Sabes dividir, Atienza?

Sí, sor, creo.

Ah, ahora ya solo lo crees: ¿cuál es el dividendo?

Este.

¿Estás seguro?

Pues este.

La clase se convirtió en un circo, se hacían comentarios

en voz alta y algunos hasta se ponían de pie sobre las sillas.

A mi amigo Miguelín le zumbaba el labio inferior como una avispa mientras se sorbía los mocos. Cuando agachó la cabeza, unos lagrimones del tamaño de avellanas cayeron al suelo sin tocar sus mejillas. En ese momento se bajaron las manos y la clase quedó en silencio.

Entonces fue cuando de verdad empezó todo.

Eres un bobo, ¿me entiendes?, le gritó sor Nieves, eres un bobo que se cree muy listo y esos son los peores bobos que hay porque son bobos dos veces.

Cada palabra era una piedra, o al menos, si uno miraba a mi amigo Miguelín, parecía que cada palabra de sor Nieves le doliera como si le tiraran una piedra. Lo llamó de todo. Se encargó de inventarle un futuro allí mismo lleno de humillaciones, pobreza y cosas que no voy a repetir. De miseria espiritual, eso dijo sor Nieves. Y también le dijo que iba a llamar a sus padres para comunicarles que se hacía el listillo en clase. Que era un inútil. Que le dijera cuál era el dividendo. Mal. Y el divisor. Mal, mal, mal, a ver, ¿quién te ha dicho a ti que sabes…?

No fue necesario que sor Nieves terminara la pregunta. Su enfado se le apagó de golpe mientras miraba el hililllo amarillento que goteaba desde el pantalón de mi amigo Miguelín y corría por las juntas de los baldosines hasta sus pies de monja.

A sor Nieves casi le da algo, se puso rojísima y se le hincharon las venas de la frente y del cuello. Cerdo, que eres un cerdo, le gritó. Y le dio un guantazo, y otro, y otro, y luego lo mandó a las diferentes clases para que todo el colegio pudiera verle los pantalones mojados.

Antes de salir de clase arrastrando los pies, mi amigo Miguelín nos miró a todos en busca de ayuda, pero nadie tuvo valor de abrir la boca.

Mi amigo Miguelín no regresó en toda la mañana, ni al día siguiente, ni al otro, ni al otro. Yo creo que fue porque está prohibido ir al colegio sin uniforme y ya he dicho que mi amigo Miguelín solo tenía unos pantalones. Pero cualquiera sabe. El caso es que no volvimos a ver a mi amigo Miguelín hasta el día del incendio.

*

Llegó un momento en que había doscientas personas o más mirando las llamas. Al ver allí a tanta gente pensé en el incendio de Londres de 1666. En un documental de la tele dijeron que ese fuego casi destruyó la ciudad entera. Tuvo que ser un incendio precioso y enorme porque Londres es una de las ciudades más grandes del mundo. Pero no todo fue malo, también terminó con un brote de peste porque el fuego mató a todas las ratas.

Y es que, como ya he dicho, el fuego sirve para muchas cosas buenas.

Por ejemplo, algunos animales ponen sus huevos en la madera recién quemada porque allí no hay depredadores. Por ejemplo, hay especies de plantas que germinan mejor después de un incendio. Estas plantas se llaman pirófitas.

Una especie pirófita es el eucalipto. Pero, sin duda, lo más importante de todo es que el fuego también sirve para deshacerse de cosas malas, como insectos dañinos o plantas con enfermedades.

No sé si alguien ha pensado en todo eso para explicar lo que pasó en el colegio.

Yo sí que lo he pensado.

*

Los bomberos tuvieron que ampliar el cordón de seguridad porque era muy peligroso estar allí. Sacaron a muchas monjas y las taparon con mantas. Parecía que se hubieran pasado un corcho negro por la cara como hacían con el niño al que le tocaba interpretar al Rey Mago Baltasar en la función de Navidad.

Estábamos todos tan pendientes de cómo sacaban a las monjas que apenas hubo tiempo para las reacciones más inútiles: alargar un brazo, silenciar un grito, abrir mucho los ojos y luego tapárselos con la mano. Mi amigo Fran dijo que fue como cuando tiras de la cisterna y se te cae tu canica favorita: te quedas ahí con cara de trucha, mirando el agujero sin saber qué hacer.

Y es que es verdad todo eso que dijo mi amigo Fran porque sucedió tan rápido que nos dejó petrificados, como si aquello fuera un truco de magia.

Aún puedo verlo todo si cierro los ojos.

Veo el fuego, con sus lenguas azules, turquesas, rojas,

anaranjadas y amarillas. Veo a todo el barrio detrás de la cinta blanca en la que pone *Policía Local* con letras grandes y azules. Y veo a mi amigo Miguelín con su sonrisa de chino feliz mientras se llevan a sor Nieves a toda velocidad dentro de una ambulancia.

Pero también veo a la mamá de mi amigo Miguelín. La veo ahora mismo dentro de mi cabeza. Camina muy despacio, casi hipnotizada, igual-igual que todos los niños vestidos de marineritos y todas las niñas ennoviadas en mitad de la iglesia el día de la Primera Comunión.

Varios bomberos la llaman a voces, corren tras ella y le arrojan agua desde los camiones. Pero antes de que puedan hacer nada, antes de que puedan siquiera acercarse, unas llamas naranjas, bellísimas, salen a recibirla y se la tragan de golpe con sus grandes lenguas ondulantes. Gluuup.

NUESTROS HUÉSPEDES

Fueron los huéspedes con los que soñábamos desde que abrimos el hotel. Fugitivos que se escapan para ver el mar.

Estaban enamorados y nos hicieron creer que con eso era suficiente.

Era suficiente.

Ninguno habíamos vivido un amor así, pero el suyo nos lo recordó.

Él le pasaba la mano por el pelo como a un cachorro. Ella era hermosa como un mármol florentino. Él podría ser arquitecto o trapecista, solo tendría que proponérselo. Ella, radióloga o piloto de carreras o criadora de caballos. Tenían tantas biografías distintas por delante.

En verdad eran jóvenes, y todo lo que se acercaba a ellos corría el riesgo de deteriorarse de puro viejo.

Llegaron a la recepción con sus mochilas escolares. Pintarrajeadas de rotulador. Ella se abrazaba a una carpeta llena de citas célebres para esconder su uniforme a rayas. Tenía un mechón de pelo blanco, el esmalte saltado de las uñas y una mirada capaz de torcer hechos y voluntades. Él impostó una voz oxidada.

Llevaba un discurso preparado que no llegó a interpretar. Le dimos la llave de la habitación y con eso volvió a ser un niño.

Pagaban noche a noche. Siempre con billetes pequeños y arrugados. Apilaban las monedas en pequeños montoncitos y las arrastraban como fichas de casino. Parecía que nunca estuvieran seguros del tiempo que les quedaba. Y nada importara más allá de esa noche. Y nada más fuera cierto. Y era evidente que les sobraba razón sin ni siquiera intuirlo.

Cada mañana recorrían el paseo marítimo cuando todavía no habían llegado los paseadores de perros o los corredores de fondo. Disparaban a los cormoranes con el dedo índice y recogían conchas y caminaban descalzos por la orilla y todo era tan real.

Cuando llovía, se protegían bajo un paraguas desbaratado. Los veías salir así, abrazaditos, y solo podías quererlos o echarte a llorar sobre la almohada. Desde la cristalera esperábamos a que cerraran el paraguas. No tardaban más que tres o cuatro pasos. Ella saltaba entonces en los charcos. Él intentaba atrapar las gotas a mordiscos mientras daba vueltas con los brazos extendidos como un helicóptero.

Qué gran pena que no supieran cuánto iban a sufrir a cambio de tanta felicidad.

En los días de sol se bañaban al bajar la marea. Él se suicidaba directamente contra las olas. Ella controlaba cada paso como un pistolero. Uno a uno subíamos hasta la azotea con cualquier excusa para verlos mientras se secaban tendidos al sol sobre las rocas. Tan tostaditos. Eran tan jóvenes y tan hermosos que hasta dolía verlos, como cuando el sol se refleja con fuerza en el lomo de un pez plateado. Los paseantes, envueltos en sus chaquetas otoñales, miraban con desagrado aquella nostalgia estival.

También había días en los que no salían de la habitación. ¿Qué comían? ¿Qué bebían? ¿Tendrían frío, acaso? Seguro que todos nos preguntábamos lo mismo. ¿Estarían haciendo el amor? ¿Serían vampiros? Cuando salían por la puerta de la calle, los demás huéspedes suspiraban y volvían a sus partidas de dominó, a sus silencios, a su apatía. La vida ya solo merecía la pena cuando ellos estaban en el hotel.

Una pareja de jubilados alemanes siempre sonreía al verlos cruzar junto a la recepción.

La vieja alemana veía en él a aquel muchachito que se fue a la guerra con la segura promesa de volver pronto. Eso lo dijo la señora de la 224.

Al viejo se le caían las lentes sobre el regazo mientras veía en ella a su amor de quinto curso. Eso lo dijo el pintor de la 121.

Luego la señora de la 224 y el pintor de la 121 se reían juntos como dos críos. (Qué canalla es el tiempo).

Se quedaron unas seis semanas.

A él le creció el pelo y con la humedad no había manera de domarle los rizos. A ella le gustaba ese pelo alborotado de científico. Él lo sabía. Ella se quedó más delgadita. Alta y fina como un watusi. Podría haber sido miss *Loquehubiesequerido*. Daban ganas de invitarlos a comer en un restaurante del puerto cuando llegaban con las bolsas del ultramarinos llenas de mortadela y queso cortado a máquina. Las barras de pan les duraban un día y medio.

Nunca desayunaban. Claro, a esas horas los jóvenes no tienen hambre, la guardan para los acontecimientos insólitos de la noche. Bebían un zumo o un vasito de leche. Robaban manzanas del buffet mientras mirábamos para otro lado, algún cuchillo y dos tenedores que por la noche dejaban en recepción, un croissant, un par de tarrinas de mermelada. Poco más. A media mañana se lo comían todo en los bancos del paseo marítimo rodeados de gaviotas. A ella le daban miedo, ¿y a quién no? Él las asustaba con graciosos movimientos de ninja.

Al cabo de cuatro semanas ella comenzó a pasar algunos días sola. Se daba larguísimos paseos de solterona. Dejó de comer y de mirar al mar. Ninguno entendíamos qué estaba ocurriendo. Un gato especializado en causas perdidas la seguía a todas partes. Era tal nuestra congoja que pensamos en ahogarla con una almohada hasta que todo pasara. Él se levantaba tempranísimo y regresaba casi al anochecer. Con grandes botas de agua y olor a pescado crudo. Con los ojos cansados y una sonrisa en la calavera. Vapuleado, pero invencible. Ella no podía esperar a que llegara a la habitación. Lo abrazaba en la puerta principal y el gato se iba entonces a rebuscar entre la basura.

Una de aquellas noches un hombre encorbatado quiso darles un consejo cuando se encontraron en el ascensor. Por suerte, la señora de la 232 estaba allí y le dijo: «Caballero, ¿es que no ve que estos chicos necesitan un consejo lo mismo que una enfermedad terminal?». Cuando el resto de huéspedes lo supo, felicitaron a la señora de la 232. Más tarde le explicamos al hombre encorbatado que no había habitaciones disponibles en el momento en que pidió ampliar su reserva. Lo cierto es que no estábamos ni siquiera a media ocupación, no vamos a mentir a estas alturas.

Un miércoles de mediados de noviembre no vinieron a dormir. De veras llegamos a pensar que aquello era para siempre. Con un ojo en el reloj buscábamos motivos para ser infelices. En el desayuno todos miraban hacia su mesa habitual. Por la tarde teníamos ya la respiración prendida de una cornisa. Por la noche algunos hablaron de magia y predestinación.

Los dimos por muertos. Ya está. Se los habrá llevado una ola. Vimos las noticias en la televisión demandando ahogados y catástrofes ferroviarias. Se habrán rendido y habrán vuelto a sus clases de trigonometría, dijo la señora de la 232, a sus comentarios de texto, a los listados de ríos y accidentes geográficos, a sus pupitres llenos de torpes talladuras. No, eso sí que no, dijo el viudo de la 113, pobrecillos, mejor que estén los dos muertos.

Llegaron poco después de amanecer. Con el pelo mojado y la misma ropa con la que habían salido del hotel dos días antes. Él tenía arena en la mejilla derecha, ella en la izquierda. Miraban una tira de fotomatón. Ella olía a lavandería. Él traía el palito seco de una manzana de caramelo. Ella una chaqueta echada sobre los hombros.

Ni siquiera atendieron a nuestra desvalida zozobra.

Qué alivio.

Qué desconsiderados, habernos tenido así tantas horas.

Sí, pero también qué alivio.

Camino de su habitación dejaban pedacitos de algas por la escalera de incendios.

Fue tal la alegría, que esa misma mañana varios huéspedes contrataron una excursión para ver delfines en alta mar. Juntaron las mesas y desayunaron todos juntos. El viudo de la 113 parecía a punto de cumplir quince años. Subió a su habitación y se presentó con una gorra de visera, un chaleco con anzuelos y una caña de pescar. Creemos que fue en ese momento cuando la maestra jubilada de la 303 se enamoró de él.

Lo siguiente fue mala suerte, por tratar de nombrar de algún modo lo innombrable.

Sucedió sin previo aviso, pues así llegan las cuchilladas del azar.

(Hasta aquí alcanzaron más tarde nuestras excusas).

La señora de la 224 escuchó primero el grito. El pintor de la 121, que estaba en la habitación de la señora de la 224 —vaya usted a saber—, nos dio la noticia.

Antes de que llegara la policía quisimos avisarlos. Lo teníamos todo listo. Un discurso bien hilvanado. Sin dramatismo, con las palabras precisas: «No os preocupéis, os esconderemos, vuestro secreto está a salvo con nosotros, podéis quedaros cuanto queráis, en pensión completa, en la habitación que tanto os gusta, sí, la que mira al mar, toda la temporada baja, la temporada media, la temporada astral, la temporada de pingüinos, la temporada de frutas silvestres, la temporada de tifones, el festival de tulipanes, lo que sea».

No dio tiempo.

Entraron en la recepción del hotel como siempre hacían: retorcidos por algún chiste recién inventado. Todavía con la viva ilusión de que eran dueños del tiempo. Todavía dueños del concepto de "para siempre". Él hacía una imitación ridícula que resultaba adorable. Ella tenía carmín en un colmillo. Solo salieron de su paraíso al ver a un policía inclinado sobre la mesa de admisiones.

Lo intentaron. Al menos, lo intentaron.

En la puerta él se chocó con otro policía. Ella mantenía unos ojos optimistas y vivos. Él peleó. Se miraron un par de segundos, como se mira un moridero de elefantes, y todos supimos que se estaban diciendo adiós.

No se dieron cuenta de que la cosa no iba con ellos hasta que vieron la frente del viejo alemán desaparecer tras la cremallera de una gran bolsa negra. Enseguida llegó una ambulancia para llevarse a su mujer. La vieja alemana los miró y dijo algo en su idioma. El de la 302 nos lo tradujo: «Esto ha sido culpa vuestra». Aunque lo cierto es que no estaba del todo seguro. Cualquiera sabe.

Él se sentó en las escaleras con una estrafalaria postura de yoga mientras un policía le colocaba las esposas. Cuando nos dijo adiós, supe que ya siempre desconfiaría de la felicidad. A ella vino a buscarla un hombre con uniforme del ejército.

En el cajón de su mesilla encontramos los dos tenedores y el cuchillo de postre. También la tira del fotomatón. Lo peor fue no tener una dirección a la que enviársela.

La realidad fue que al día siguiente salimos en los periódicos. Nos pusieron una multa muy elevada por alojar en el hotel a menores de edad. Por suerte, los huéspedes hicieron una colecta e insistieron en dividir el pago de la sanción a partes iguales.

Ha merecido la pena, dijo el viudo de la 113 al entregarnos el sobre con el dinero de la colecta.

TODOS ESTÁBAMOS ALLÍ

Los murciélagos ascienden, caen en picado y deslizan sus acrobacias por cristales invisibles. Los camiones de basura empiezan a salir de sus cuevas para machacar bolsas de desperdicios con prensas hidráulicas. Flota un vago olor a asfalto húmedo. El cielo empieza a nublarse y alguien —quizá yo mismo— entorna los ojos y dice que se acerca una tormenta.

Así se va la noche: una litrona caliente, una bolsa de pipas y un cigarrillo compartido. Poco más.

Es aquí y ahora, y de pronto, y súbitamente, cuando aparece. Nosotros —sobra decirlo— le devolvemos una mirada más cercana a la sorpresa que al rencor. ¿Hace cuánto?, meses. Más. Desde aquella noche en que los sorprendió dentro de la furgoneta ese hombre al que todos en el barrio llaman el Teniente, seguramente por serlo.

*

Se sabe poco, pero algo se sabe.

El Teniente apareció con su mastín plateado de caza y

sus botas de caza y su escopeta de caza y entró dispuesto a todo. Lo que sucedió entonces nadie más lo vio, pero la señora Carmina, que siempre terminaba por enterarse de todo, contó que la chica estaba desnuda: des-nu-da (cada sílaba un martillazo), tapada solo con una sábana. Y también contó —y añadía nuevos detalles cada vez que lo contaba— que el Teniente entró dispuesto a todo, que iba a bajar la escopeta, que iba a llevarse de allí su justicia, pero que fue en ese momento cuando apareció el padre del muchacho. Se le plantó delante y le dio un puñetazo antes de que el Teniente pudiera enderezarse en el interior de la furgoneta. Todo eso decía. Y que el Teniente se limitó a aguantar el golpe, a escupir un hilillo de sangre, a ceñirse la escopeta a la espalda y a cargar en brazos a su hija. La llevaba tapadita con una manta, así, como si no pesara, como si fuera de aire, decía la vieja con las palmas de sus manos a modo de ofrenda. Y luego repetía una y cien veces que el Teniente es un caballero como ya no quedan, que demasiado bien se portó, y que si algún día le llegan a hacer algo parecido a sus niñas, bueno, que me llevan presa, no digo más. Luego, la señora Carmina se santiguaba tres veces y besaba su medalla de San Miguel al tiempo que las miradas de quienes la escuchaban caían sobre nosotros como sacos de cemento a la espalda.

*

Fuera verdad o no, lo cierto es que desde el incidente en la furgoneta se había refugiado en sus amigos del colegio de monjas y no lo habíamos visto más que un puñado de veces. Siempre con el brazo escayolado, siempre subido en su flamante y destartalada Puch Condor de 50 centímetros cúbicos, cruzando delante de la casa del Teniente a toda velocidad en un estruendo de hormigonera. Historias, eso sí, nos habían contado muchas más.

El caso, iba diciendo, es que aparece, y nada más aparecer nos mira desde arriba como un rey loco. Con un golpe de mentón agradece —eso creo, eso creemos— que nadie le pregunte cómo le van las cosas. Su risa es la de siempre, tan infantil y poco tratada, tan incontrolable en su demencia. Puro barrio. Eso, en lugar de ponernos en alerta, nos tranquiliza: es otra vez el muchacho sucio, desvalido y de movimientos atropellados al que la ansiedad nunca deja terminar las frases. Dueño de ningún prejuicio, atado a ninguna convención. Un chico más solo de lo normal con ganas de estrenar la vida.

Como todos.

Podría decir que es otra vez nuestro amigo. Podría decirlo, pero no quiero.

Resulta difícil ponerle edad. Rondará los dieciséis, tal vez los diecisiete. Adelantado de cuerpo, ensanchado de escápulas y con el flequillo tapándole siempre un ojo, representa todavía al chico al que todos queremos parecernos. Alto, correoso, orejas de soplillo y con las monedas de micosis en la cara que tienen todos los gitanos en el barrio, parece un cowboy castigado por un largo viaje a caballo. Huele a tabaco, pero también desprende un tufo a sudor y a animal muerto que es capaz de anular todos los demás olores. Algo debe tener ese olor, una sustancia química que anula voluntades y gobierna deseos. Solo así se explica el sonrojo de tantas chicas, la bajada de miradas, las risitas y los codazos cada vez que aparece en el descampado haciendo equilibrios con su moto amarilla y negra.

Nosotros aún no habíamos salido de la torpeza infantil, demasiado canijos o demasiado desgarbados cuando él ya empezó a acostarse con chicas. Parecía en verdad cosa de magia, un poder psíquico incuestionable. Cuando cerraban los futbolines y los chicos y chicas del barrio se reunían en la trasera para fumar y beber botellines calientes, él se recostaba en su moto y se remangaba la camiseta como había visto hacer a John Travolta en Grease. Ponía entonces esa mirada de ojos sorprendidos —dos circunferencias perfectas y oscuras como lunas negras— con los que era capaz de enviar mensajes telepáticos —otra explicación no hay—. La elegida entonces se apartaba del grupo para subirse en la moto y todos los mirábamos alejarse convencidos del milagro.

Así fue hasta que le tocó el turno a la hija del Teniente.

*

Yo mismo acepto el porro que nos ofrece, y con ese gesto llegamos al armisticio de una guerra desconocida por todos. Le pregunto si viene de recoger chatarra con su padre y casi a modo de reflejo se huele la camiseta y ensaya una mímica de asco: Viejo cabrón.

Animados por el hachís, empezamos a contar anécdotas del barrio: el perol de arroz cocido que se comió el Chan por una apuesta y que casi se lo lleva a la tumba; el culo de Azucena en ropa deportiva; las siestas en el frontón en horario de clase; aquel pedo que me tiré al ir a besar a la Patri: me puse rojo como una zanahoria y con la risa se me escapó otro y luego otro.

Exageramos una y otra vez las últimas versiones de cada historia y nos reímos con todo el cuerpo.

Nuestro amigo —¿he dicho nuestro amigo?— continúa algo apartado, indiferente a la conversación mientras lía tabaco en la postura del loto, con la gorra tapándole media cara.

Parece que va a llover, dice alguien —quizá yo mismo—, y no ha terminado aún de decirlo cuando advertimos que algo se mueve a nuestra espalda. Primero nos llega su respiración caldosa, después escuchamos el gruñido y por último vemos los belfos tirantes y babosos con todo su muestrario de dientes. Iluminado de blanco, con los músculos en tensión y las pezuñas clavadas en el suelo, el mastín parece mucho más grande de lo que en realidad es. Nos mira con ojos mansos pero amenazadores, dos canicas azules que fijan cada uno de nuestros movimientos.

Detrás del perro, a solo unos metros, asoma el Teniente —pasos de capataz, frente alta y despejada, cabello ralo peinado con furia—. Camina despacio, sereno, como si sus pies no tuvieran prisa por llegar a donde quiera que vayan, o como si, en realidad, no fueran a ningún sitio.

La oscuridad es compacta y dura, casi una pared negra, pero podemos asegurar que, a pesar de la distancia, nuestro amigo y el Teniente se miran. Se miran como sin mirarse, no más que un segundo, lo justo para reconocerse. Y es indudable que con esa mirada mantienen una larga conversación.

El Teniente —bigote imperial, cara de Isla de Pascua— silba dos veces seguidas. El perro obedece al llamado. Con el hocico pegado al suelo, regresa junto a su dueño haciendo eses y uves y zetas.

Lo voy a matar, dice nuestro amigo. Lo voy a matar, dice de nuevo —y lo dice en serio—. Le voy a cortar la garganta mientras duerme, dice sin urgencia, pero decidido. Y mientras lo dice, pone los ojos en blanco y se pasa el dedo por el cuello de izquierda a derecha.

¿Y si damos un rulo en la furgo de mi viejo?, pregunta a continuación, al tiempo que escupe a un lado y nos mide entre el humo que escapa de su nariz.

Sus palabras escuecen —coño que sí—, irritadas por la sustancia del peligro. No hay más que verle los ojos para darse cuenta de que no busca otra cosa que cruzar límites, provocar trifulcas, ser el más rápido del Oeste. Los demás intentamos echarnos atrás con bromas y evasivas, con burlas y poquedades, hasta que un cacareo de paloma tullida sirve para convertir la empresa en una cuestión de dignidad.

Dueño una vez más de la situación, nuestro amigo mira a un lado y a otro. Nos pide que nos acerquemos, que formemos un círculo en torno a él. Nos habla con una calma desconocida, en un tono de confesionario. Promete esto y lo otro. Grandes emociones. Cosas profundas con palabras gruesas.

Así que a lo mejor lo hacemos por eso. Para que todas las barbaridades que no hagamos antes de los veinte años no nos persigan el resto de nuestra puta vida. Eso es exactamente lo que nos dice él. Esas son, una por una, sus palabras mientras nos mira a los ojos y hace sonar las llaves de la furgoneta en el bolsillo.

¿Qué puedo decir? Ninguno nos fiamos de él.

Pero nos fiamos de la vida.

*

Antes de darnos cuenta, estamos ya en la trasera de su casa empujando una furgoneta blanca destartalada y llena de óxido. Vámonos a la ciudad. No hay *güevos*. Hasta el mar, entonces. ¿Te imaginas? Qué coño al mar, vamos a los recreativos y que nos vean las chicas en la furgoneta —gestos obscenos, palabras carentes de significado, sonrisas que dicen todo y nada—. Bah, es imposible que esta mierda de trasto arranque.

Pero el motor tose un par de veces y, *brrrrr*, arranca.

Nos volvemos locos; locos como indios salvajes. Todos arriba. Dentro huele, no sé, como a aliento de perro. Qué asco. Pero qué risa. Y qué asco también. Alguien saca media botella de aguardiente de debajo de un asiento y dos cartones de vino. Embrague, primera, motor revolucionado. Esto sí que es un viaje, esto va en serio, esto es la hostia.

De pronto escuchamos gritos, tropiezos, insultos. Miramos por la ventanilla y vemos salir de la casa al padre de nuestro amigo. De él se dicen muchas cosas; que es un caníbal, que ha estado en la cárcel, que es capaz de todo. Y su imagen —hay que reconocerlo— le da la razón a quienes lo dicen. Tiene el cuerpo plegado hacia la derecha, como si le fallase una rodilla, lo que le obliga a correr ligeramente encorvado, igual que los chimpancés cuando se yerguen sobre dos patas. Lleva el bastón en alto y va vestido como solo podría vestirse un daltónico o alguien que piensa ir a una fiesta de disfraces. Cree que le estamos robando. Nos arroja piedras, maldiciones. Está claro que no sabe que el loco de su hijo va al volante.

Nos alejamos y enseguida dejan de oírse sus alaridos. Viejo cabrón, dice nuestro amigo cuando lo ve desaparecer en el espejo retrovisor. Ya solo es una sombra que corre hacia nosotros. Un ciego que grita en el desierto. Un palo seco con un abrigo de espantapájaros; un abrigo que lleva siempre, invierno o verano. No sé a los demás, pero según se va haciendo más y más pequeño, más y más pena me da ese hombre. Y también me da por pensar que sus desdichas de andrajoso serán más pronto que tarde las desdichas de nuestro amigo por estar todo el día con los porros y por dejar de estudiar y por dedicarse a la nada más nada. Pero no lo digo. Porque no es el momento. Porque en realidad me da lo mismo. Porque yo también creo en esta aventura. Porque hay que llevarla hasta sus últimas consecuencias. Porque las barbaridades que no hagamos antes de...

*

La primera parada —cómo no— es la casa del Teniente. Nuestro amigo toca el claxon. Una, dos, tres veces. Una ventana se enciende y se apaga. Una, dos, tres veces. Se mueve una cortina. Alguien —quizá yo mismo— pregunta lo que todos nos morimos por preguntar desde que hemos subido a la furgoneta, o más bien lo que todos nos morimos por preguntar desde el principio de los tiempos: Eh, tío, ¿cómo es?, ya sabes, o sea, ¿cómo es la hija del Teniente sin ropa?

Nuestro amigo agarra el volante como si quisiera exprimirlo y pisa el acelerador a fondo. El motor suena igual que un cohete a punto de despegar. Enseguida cruzamos el portalón metálico que marca el límite de la barriada y entramos en el descampado. Un lugar inmenso, vastísimo, un escenario de western en el que no hay donde descansar la vista. Las aceras y el asfalto se diluyen, el suelo se cuartea. Comienza el polvo y, con el polvo, llegan los derrapes y, con los derrapes, los primeros cosquilleos. Nos damos golpes contra el techo. El aguardiente nos quema por dentro y nos corre con placer por la cara y el cuerpo. Exageramos las curvas y las risas. El cielo empieza a iluminarse. Caen los picotazos de las primeras gotas. El limpiaparabrisas no funciona y dejamos de ver lo que tenemos delante. Miramos la aguja de la velocidad. Llega el miedo y con el miedo los primeros mensajes engañosos: No creo que este cacharro aguante; joder, te vas a cargar la amortiguación; sí, será mejor ir más despacio; tampoco se ve demasiado; ¿por qué no dejamos esto y vamos a tomar las últimas cervezas a la trasera de los futbolines?; vamos, tío, que no se ve una mierda; tío, tío, tío, deja ya la bromita, maldita sea, ¡para el puto coche!

Él acelera, por supuesto que acelera: no ha llegado hasta aquí para obedecer órdenes de nadie.

Todos buscamos su cara en el retrovisor interior en un último intento por hacerle cambiar de idea.

Él nos ve, nos lanza un beso, nos guiña un ojo.

Y apaga los focos.

*

Las ruedas patinan, el chasis se inclina hacia la derecha e hinca el morro en un vado. Siento un golpe muy fuerte y entro en un tambor de lavadora enorme en el que los segundos se deslizan como el magma: lentos y calientes.

Cuando la furgoneta deja de dar vueltas, salimos uno a uno por el portón trasero en una posición de bestias de carga que solo perdemos para rebozarnos en risas y barbarie.

El suelo es un lodazal, roca líquida en la que a cada paso hundimos los pies hasta el tobillo. No parece importarnos. Saltos. Gritos. Aullidos. Bailamos como endemoniados la danza de la lluvia alrededor de un fuego imaginario con las manos sobre los hombros del compañero. Lúcidos y más felices de lo que podemos imaginar. Cuánta locura. Qué alegría tan perversa. Empujones, insultos, patadas. Nos liamos a puñetazos entre nosotros. Alguien vomita. De un golpe me arrancan una paleta con raíz. La recojo del barro, me la meto de nuevo en la encía y sigo peleando como un perro loco. Mareados, sucios, enfangados —pero siempre eufóricos—, nos tiramos en el suelo con la mano en la tripa y un suspiro de alivio.

*

El cielo se enciende como una cerilla monumental y se apaga de golpe. Sigue diluviando. Poco a poco, comenzamos a ser conscientes de nuestros ojos abultados, del dolor de huesos, de las magulladuras que asoman rojas y negras entre las heridas de la ropa. Cuando recuperamos algo de serenidad y nos incorporamos, todos dirigimos la mirada hacia el mismo lugar.

La furgoneta está volcada en una zanja y produce el rumor desagradable de las máquinas que están a punto de morir. Los cristales se han convertido en telas de araña. Dos ruedas giran en una suerte de movimiento perpetuo y otra ha desaparecido. Un foco parpadea tres veces y se apaga.

Solo él permanece indiferente a todo y a todos. Tumbado con las manos detrás de la cabeza, parece tomar el sol en una playa caribeña mientras los demás lo miramos sin saber qué hacer o qué decir.

De pronto, un ladrido.

El mastín pasa chapoteando a nuestro lado y se acerca hasta el lugar en el que está encallada la furgoneta. El perro da vueltas sobre sí mismo. Olfatea. Escarba y escarba la tierra húmeda con sus pezuñas enlodadas. Nuestro amigo lo mira con cara de recién despertado y se incorpora con una sonrisa conocida por todos, una sonrisa que esconde más de un filo.

De un salto se pone de pie, se suena los nudillos y camina decidido hacia la furgoneta. No llega a dar más que unos pasos cuando se detiene, rígido, como si hubiera llegado al borde de un precipicio. Y ahí permanece un rato, ensopado, observando algo que solo él ve, algo que le hace poner esos ojos sorprendidos, inhumanamente abiertos, esos ojos con los que invoca a las chicas del barrio cada sábado por la noche para que suban a su Puch Condor de 50 centímetros cúbicos.

¿Qué pasa?, gritamos. Y otra vez: ¿Qué pasa? Y otra vez más fuerte: ¿Se puede saber qué cojones pasa?

Pero él no contesta, o no nos oye, o tal vez esta lluvia bíblica no es capaz de transportar el sonido.

Será mejor que os marchéis, dice por fin. Y suelta una carcajada. Y escupe a un lado. Y patea una de las ruedas.

La furgoneta resbala por la pendiente y él vuelve a reír con más fuerza. Será mejor que os marchéis, repite, y luego dice algo más, sí, una de esas cosas raras que a veces dice él, una de esas cosas que o bien entiendes rápido como una puñalada en el costado o no entenderás nunca: Viejo cabrón.

Asustado por el ruido de hierros y demolición, el mastín retrocede con el rabo escondido. Mira a un lado y a otro, tensa las orejas, se sacude el pelaje. Y como si fuera el único que de verdad ha entendido, como si fuera el único con fuerzas para escapar de las arenas movedizas, suelta un ladrido y comienza a correr en la dirección de la que vienen los silbidos que reclaman su presencia.

VOLVER A SARAJEVO

Vino a suceder así:

Aquel día le tocaba rezar a Marta Robles. De eso es fácil acordarse porque todos estábamos enamorados de Marta Robles de ese modo tan privativo con el que uno decide sufrir el primer deseo. La carta de Pablo a los Efesios. No me lo invento. Qué cosas se le quedan a uno.

Después del rezo entró la directora. Silencio. Un silencio de aula. Un silencio en constante funambulismo con el disturbio. La directora siempre traía noticias muy buenas o muy malas y por su mueca no había modo de adivinarlo. Una mueca de monja. Lo mismo venía a anunciar una excursión a la sierra con cara de funeral, que entraba sonriendo para llevarse a un compañero de las orejas como si fuese una camiseta sucia.

Grave y pausada, anunció que íbamos a tener una nueva compañera. Que teníamos que ser amables como cuando venían visitas a casa. Que era una niña especial porque no hablaba nuestro idioma. Que lo aprendería pronto si la ayudábamos. Que esto y que lo otro como Jesús nos enseñó. Y nadie entendió nada como siempre que se recurría a la medicina bíblica para explicar las cosas más sencillas.

Es una niña que viene de un país en guerra, añadió con estudiadas pausas de inquisidora.

Y así, sin más, aquello se transformó en la mayor aventura de nuestras vidas.

O de lo que llevábamos de vida.

O de aquella semana al menos.

Para nosotros, la guerra entonces era algo que ocurría en las mejores películas. Los soldados caminaban por ciénagas atestadas de sanguijuelas y bichos repugnantes, con las metralletas en alto, la canana cruzada al pecho y un paquete de tabaco cogido en la cinta del casco mientras hablaban con palabras traducidas a un castellano adulterado: «Hey, Johnny, maldito botarate, por todos los diablos, saca el trasero de esa ratonera o nos harán picadillo». Casi se olía el sudor, el humo, lo salvaje. Aquel año vimos *La chaqueta metálica* decenas de veces dentro de una especie de liturgia dominical. Luego, en el quiosco, comprábamos un paquete de Celtas que fumábamos entre todos en silencio, con el gesto torcido y la cara tiznada de camuflaje, tan serios que en verdad parecía que acabáramos de perder a nuestro mejor amigo en un bombardeo del *Viet Cong*.

Había más tipos de guerra, claro. La guerra de la que presumía mi abuelo cuando jugábamos al *Risk*, por ejemplo. El viejo nos veía allí, embebidos en la estrategia, y no podía aguantarse dentro un discurso lleno de palabras con resonancia metálica que se quedaban en la cabeza como pájaros sobre el cable de la luz: asedio, milicia, pasquín, metralla, percutor.

Y, por último, estaba la versión más aburrida de todas: la de las monjas. ¿Cómo iba a saber una monja lo que era la guerra? Para ellas, los héroes habitaban en la paz y no en la guerra. Menuda tontería. De modo que, para festejar esa paz, una vez al año nos quedábamos a comer en el patio. La paz se transformaba así en barras de pan con mortadela y refrescos que daban dolor de dientes. Con aquel opíparo ayuno ganábamos todas las guerras. Después había desfiles de cartulinas de colores con frases del evangelio mientras soltábamos globos al aire con mensajes de amistad para todos los pueblos del mundo. Por último, jugábamos al fútbol hasta que se hacía casi de noche y las monjas encendían aquellas farolas amarillas que no iluminaban, que solo abrían agujeros pajizos en la oscuridad. Eso era todo y eso era más que suficiente.

Pero aquella niña que llegó justo después de las vacaciones de Semana Santa traía otro tipo de guerra. Una variante desconocida.

Se llamaba Amna, o algo así. Un nombre raro y difícil de por allí, donde la guerra. El apellido es mejor que nos lo pronuncie Amna cuando llegue, dijo la directora con cierto aire de encantamiento.

Hasta lo inanimado cobró vida.

Las mesas chirriaron. Los bolígrafos dejaron de escribir. Los papeles crepitaban. Nos movíamos nerviosos y murmurábamos con el de al lado sin saber lo que decíamos. Un avispero ingobernable. Billy, el Musgo, se puso de pie y repitió el nombre en alto con una fascinación digna de lástima, igual que si leyera un verso escrito en el aire. Pero, como siempre, el gordo de Billy se equivocó. Hay gente así, con el don de errar en sus propósitos cada vez que abre la boca. Nannnnna, declamó en su habitual hipérbole de telenovela con los brazos clavados a una cruz invisible. Todos nos reímos como siempre que el burro de Billy hablaba. Tampoco creo que ninguno lo hubiéramos hecho mejor, todo hay que decirlo. El caso es que con Nana hubo que quedarse. Esa es la historia.

Nana se despidió de un hombre vestido con ropas de oficial del ejército y entró de la mano de la monja de portería, sor no sé qué. Los libros se cerraron solos. Nana, por el amor de Dios, qué cosa tan bonita. Irradiaba una luz mustia, como el brillo que ilumina un sagrario. Parecía sacada de los retratos que las abuelas tenían sobre el televisor, con esa cara cetrina y algo triste que se le queda a los fotografiados que llevan décadas muertos.

Nada más cruzar la puerta, Nana miró al suelo como si hubiese perdido algo y todos nos pusimos a buscarlo. El murmullo la hizo agitarse como un gato que quiere bajarse de los brazos de su amo. Se estremeció con una mueca de desconfianza y dio un pasito atrás. Enseguida la directora golpeó la mesa y todos nos callamos, fundidos en una sola masa amorfa. Pero no nos callamos por la seca detonación de su mano contra la madera. Nada de eso. Nos callamos porque en ese momento Nana levantó los ojos hacia algún lugar del fondo de la clase y todos nos dimos la vuelta como si de la pared de atrás fuera a desenraizarse una criatura monstruosa llena de tentáculos y gelatina.

Luego rezamos. Un padrenuestro. Muy rápido. Cada año rezábamos más deprisa. Con el zumbido de las chicharras bajo la canícula. Pero lo más extraordinario fue que Nana no rezó. Ni siquiera trató de mover los labios. Ya nos costaba entender que Nana no fuera capaz de descifrar nuestras miradas de poeta hambriento, pero que no entendiera la liturgia del rezo nos pareció una provocación maravillosa. Y es que (oh, nueva sorpresa) Nana no rezaba porque tenía otra religión. Ya sabíamos que había otros países, otras razas, incluso que había gente que no hablaba nuestro idioma, pero que hubiera otras religiones y otros dioses jugando a nuestro alrededor con su omnipresencia rozaba ya la broma de mal gusto.

Sin perder la compostura, la directora sacó el pulgar, el índice, el medio y el anular para enumerar nuestra suerte, nuestra culpa, nuestro pecado, nuestro etcétera. Luego le pasó el brazo a Nana a modo de bufanda y la zarandeó. Nana tembló un poquito, se arrebujó en el hábito de la monja y recogió media cabeza dentro del abrigo como un gasterópodo. Desde ese momento la quisimos. Al menos los más enamoradizos la quisimos. Y desarrollamos un sentimiento de protección hacia esa niña que, según decían algunos, había visto hombres con un tiro en la nuca y bebés desmembrados y ríos de agua roja y bombas que desuellan la piel a los edificios hasta dejarlos sin fachada, como casas de muñecas.

Nana caminó hasta el final del aula de la mano de la directora hasta sentarse en el único sitio que siempre estaba libre: junto a Billy. Desquiciados, nos removimos en nuestras sillas y miramos al crucifijo que había sobre el encerado en busca de explicaciones. Con todas nuestras fuerzas le pedimos a Cristo que nos convirtiese en el bobo de la clase, que nos condenara para siempre a la tarea de subir y bajar las persianas, a la rutina de regar las plantas y de rellenar cada mañana la frase *Hoy* es jueves, *estamos en abril* y es un *día* lluvioso. Todo era poco a cambio de estar en la piel de Billy, el niño del que no debíamos reírnos por limitado, por lento, por especial. El interno al que las monjas trataban como a una especie de mascota del aula o de niño de las cavernas. El idiota que trabajaba con un libro varios cursos por debajo del nuestro y que pasaba la mayor parte de las clases con rompecabezas y siluetas para colorear. El baboso al que siempre enviaban a dar recados a otras clases, a sacudir el borrador, a vaciar las papeleras. Billy, la prueba —estábamos bien seguros— de que las monjas se equivocaban en eso de que Dios ama por igual a todos los niños del mundo.

Sí, Nana se sentó junto a Billy y allí sucedió lo más sorprendente e imperdonable de todo: empezaron a hablar. Imposible saber cómo o en qué lengua, pero se comunicaban. Nana atendía y observaba mientras Billy, paciente como nunca, le explicaba con los dedos algo sobre su cuaderno desmembrado. Billy, el Musgo. El gordo de Billy. Guillermo, el Grasa. Billy, el Dientes. Guillermito, el de las rimas vacilonas, el Qué-hay-de-nuevo-viejo porque así es como siempre te saludaba: ¿qué hay de nuevo viejo? Con su rostro porcino y su sonrisa de castor. Guillermo Zamarreño, patizambo y paticorto. Nuestro amigo Billy, traicionándonos a todos mientras Nana asentía y le miraba y le rectificaba el trazo y le tomaba la mano para corregir el falso dibujo y le sonreía y…

¡Dinnnng!

No hubo tiempo para más. Nos fuimos al recreo y en el recreo todas las chicas se reunieron en corro junto a la cancha de baloncesto mientras los chicos buscamos, por primera vez en todo el curso, la esquina en la que Billy se sentaba a jugar con las hormigas.

Rodeado por la mayor audiencia que jamás tendría, Billy nos reveló verdades que todos habíamos visto. Verdades como que Nana tenía un mechón de pelo blanco; que su abrigo era rosa, muy rosa, como los chicles rosas, con la espuma sacada por varios descosidos; que sus botas de agua con lunarcitos negros le iban algo grandes; y que sus pantalones vaqueros tenían estampaciones de flores desteñidas. Pero también nos mostró otras realidades que ninguno hubiéramos advertido jamás: que Nana no podía ver el mundo del mismo modo en que lo hacemos nosotros, con esta mirada tan marrón y tan poco hermosa que tenemos por aquí; que Nana olía a cámara frigorífica; que Nana parecía pintada a brochazos con manchurrones sonrosados en las mejillas; que Nana llevaba un corte de pelo muy extraño, que ninguna otra niña de la escuela lo llevaba así, como cortado con un cuchillo mal afilado. Y, por último, Billy se enderezó por encima de su propia altura e impostando una voz de telepredicador anunció que Nana estaba en peligro porque si un francotirador llegara a subirse al tejado del colegio distinguiría fácilmente a ese puntito rosa e inmóvil entre un gran revuelo de insectos uniformados. Billy levantó entonces la rama que siempre llevaba de la mano para golpear cosas y se la puso al hombro para convertirla en un fusil. Todos nos reímos del bobo de Billy. Y le imitamos. E hicimos pistola con el dedo índice para matarnos y morirnos de mentira.

Pa-pa-pa-pa.

Pa-pa-pa-pa.

Lo siguiente fue la clase de manualidades.

Don Matías (mamífero gordo, bigote gordo, manos gordas) ni siquiera reparó en la presencia de Nana. Triste y esforzado, abordó la tarea de dibujar circunferencias en el encerado con una regla y un compás enorme hecho con cuerdas y ventosas. Terminada su obra, se giró para explicar cómo trazar pentágonos y hexágonos en el interior de los círculos de tiza. Entonces, Billy, en su autoproclamada condición de guardián de Nana, levantó la mano para exponer muy serio, muy protocolario y muy asustado lo que todos nos moríamos de ganas de decir: Que aquí está Nana, señor, y que Nana no tiene compás; bueno, ni láminas, ni rotrings, señor, ni lapiceros, ni nada. Nana no tiene nada de nada, señor.

Don Matías (te miraba y esa noche tenías que dormir con la luz encendida) cayó entonces en la cuenta de que sí, de que ese era el día en el que la muchachita de Sarajevo llegaba a su clase, maldita sea mi suerte, como si no tuviera bastante con esta panda de haraganes y cavernícolas, ahora me traen a una más que no entiende, que no sabe, que no será nunca nada. Que se vaya a su país, joder, o a alguna escuela especial, seguro que es medio retrasada, como el gordo este de los cojones, pero no, claro, me la traen aquí para hacerme perder el tiempo a mí. Algo así dijo. Algo así. Porque a don Matías (mal afeitado, piel de piedra pómez, respiración aguardentosa) nunca le importó que estuviésemos en un colegio de monjas. Entre joderes y hostias, acercó su furia hasta mi mesa y me pidió una lámina: Señor Guzmán, una lámina. La lámina sonó como una bandera al tiempo que don Matías abría mi estuche para coger un puñado de rotuladores.

Pasamos el resto de la hora de la única manera posible: levantándonos para sacar punta a lapiceros ya afilados, recibiendo humillaciones de don Matías por ir a su mesa a hacerle preguntas, tirando láminas sin estrenar en la papelera. Nos escribimos notas en aviones de papel, discutimos con todas las chicas que nos llamaron imbéciles e intentamos descifrar alguna de las palabras que el idiota de Billy le dirigía a Nana. Todo con la torpe idea de pasar junto a ella.

Sonó el timbre.

Don Matías salió de su sopor y se dispuso a recoger nuestros pentágonos y hexágonos, darnos los respectivos capones y repartir unos cuantos insultos.

Ya teníamos las mochilas preparadas cuando don Matías se acercó a Nana. Es difícil de creer pero, aquel hombre de rostro esculpido a martillazos, de pronto parecía conmovido. Don Matías observó un rato la lámina, sin acabar de entender lo que veía, hasta que, después de mucho ver y poco entender, no encontró más salida que mostrarle a Nana su propio dibujo en busca de una explicación. Mirar a Nana y entender fue una misma cosa. Y todos los que aún no habíamos salido de clase pudimos ver cómo a don Matías le temblaba la mandíbula mientras con su garra manchada de tiza intentaba acariciar el pelo de Nana sin atreverse siquiera a tocarla.

Cuando alcanzamos el patio, había entre nosotros un silencio poco común. Un silencio que, de algún modo, exigía un nuevo lenguaje para llegar a romperlo. Recorrimos el campo de fútbol despacio, sin pronunciar el nombre, arrastrando los pies entre preguntas cortas que solo buscaban provocar al otro para que fuese ese otro quien hablara; para que fuese ese otro quien explicara lo que todos acabábamos de ver.

En ese juego de resistencias estábamos cuando Billy nos abordó por la espalda. Tenía los dientes pegados con telarañas y el gozo ensalivado le corría por toda la boca. Qué pasada de dibujo, chavales, nos dijo. Y, sin que ninguno le preguntásemos, comenzó a describir imágenes, formas y colores en una recopilación pormenorizada e interminable de detalles. Así que todos escuchamos por segunda vez en un mismo día al gordo de Billy, pero esta vez sin risas ni juegos de palabras, sin burlas ni dobles intenciones. Hasta que, atropellado por su propio delirio, se sorbió los mocos, tiró de sus pantalones hacia arriba y salió corriendo de vuelta al internado mientras disparaba a las palomas con su fusil imaginario.

Cuando se giró para decirnos adiós, aquel niño que solo manejaba las instrucciones más básicas para vivir llevaba todavía en la cara la sonrisa de las almas bellas.

Qué pasada de dibujo, chavales, gritó desbordado de entusiasmo.

Y todos, entre la avidez y el miedo, la debilidad y lo tenebroso, bajamos la cabeza y nos marchamos a casa convencidos de la infinita suerte que tenía el idiota de Billy.

VERANO DEL 96

Una casa y un jardín. Eso fue todo.

Pero nos estamos adelantando.

Ese verano se celebraron los Juegos Olímpicos en Atlanta, una oveja llamada Dolly se convirtió en el primer mamífero clonado a partir de una célula adulta, y en Mbale, Uganda, un fragmento de meteorito atravesó un banano y golpeó en la cabeza a un adolescente en lo que supuso el segundo caso conocido de persona golpeada por una piedra llegada desde el espacio.

Esto en lo que respecta al gran mundo.

En cuanto a nosotros, una casa y un jardín.

*

—Coloca las manos así.

—¿Por qué yo?

—Pues porque eres el más fuerte.

Joder, con eso bastó para insuflarle vida.

Sería todo lo cobarde y todo lo idiota que se puede ser,

pero tengo que decir que esa noche Billy respiró muy hondo, entrecruzó las manos y subió a Miki hasta lo alto del seto.

Todos le decíamos ¿qué ves?, ¿qué ves?, y Miki nos hacía así con el dedo para que nos calláramos.

Sucedió muy rápido.

La pierna le falló, o se resbaló, o quizá lo hizo a propósito —con Miki uno nunca podía estar seguro de nada—. El caso es que se desplomó en medio del seto y como esas pelotas de tenis que no sabes de qué lado van a caer, rebotó y se fue de cabeza al jardín.

Lo siguiente fue una hilera de luces encendidas, una puerta, un grito; Carmen corriendo hacia la entrada, descalza y con la mano en la boca.

Así fue como nos invitó a pasar la tarde del sábado en su piscina.

*

Carmen —cómo no acordarse—, nuestra profesora de inglés, nuestra amada profesora de inglés.

Lo que más le gustaba en el mundo era bailar tangos, y aunque debía de ser la única argentina que ignoraba hasta las reglas más básicas del fútbol, Carmen lloraba con el gol de Maradona en los mundiales de México narrado por Víctor Hugo Morales: «Por lo de las Malvinas y la Dama de Hierro, viste, allá estuvo mi esposo».

Todos recordamos lo ceñidos que le quedaban los vaqueros —una segunda piel de lagarto azul—, su perfume de coco y su risa dispuesta y peligrosa igual que una pistola sin seguro.

¿Qué más?

Melena rizadísima peinada como una palmera, blusas de vidente, pañuelos de colores. Y sus discursos circulares, abundantes en moraleja vital. Y que fumaba como si nunca hubiera fumado y a la vez como si nunca hubiera hecho otra cosa en la vida. Flaca, prieta, caballona. Tantas cosas regresan al invocar su nombre. Puedes intentar imaginarla, pero no lo conseguirás. Oh, Carmen, bella, bella, Carmen, moderna y atrevida Carmen. Con solo tenerla cerca había un aire de que algo —todo— podía suceder.

Sigo: camisetas estampadas y brillantes de London y New York, jeans decolorados con anchos cinturones, faldas recortaditas, lisas y afelpadas, botas altas, oscuras: dos túneles verticales. Ah, y su maquillaje, que no se me olvide —¿se maquillaba Carmen?—. Parece que la estoy viendo: tozudamente inmune a cualquier intento de descripción.

Había sido, hechas las sumas y las restas, una buena profesora, de esas con las que aprendías inglés con canciones, juegos y aforismos rimados, y que una vez al final del trimestre te llevaba a ver una película en versión original a una sala oscura, llena de crucifijos y terriblemente fría en la que nada funcionaba.

«Pero si ayer estuve probando el video e iba perfectamente» (manos en jarra, nariz arrugada, enfado de mentira).

«Déjeme probar a mí, señorita. ¿Ve?, es solo el cable que no ajusta bien».

Ese cable, jejé. Ese cable que alguien había desconectado antes. Todo por estar cerca de Carmen, todo por escucharla decir: qué haría yo sin mis muchachos.

En aquel colegio de monjas (eterna cuaresma y misa de viernes), Carmen fue la única mujer concebible, el último ejemplar de una especie animal amenazada y no por ello protegida.

Cada martes y jueves después del recreo, su nombre comenzaba a murmurarse por los pasillos y, con su nombre, llegaban las carreras, las peleas y los insultos por hacerse un hueco en la ventana que daba al aparcamiento de profesores. Los más rápidos la veían llegar en un coche viejo, humeante y forrado de pegatinas con nombres de festivales de música de años en los que ni siquiera habíamos nacido, eslóganes por la anarquía, la paz mundial o contra la extinción de los osos polares.

Ya antes de que saliera del coche, podíamos distinguir las puntas decoloradas de sus cabellos, su bronceado color canela y los pendientes largos y tintineantes. Luego se incorporaba con fingida distinción, con aires de señora caída en desgracia y guardaba en un trocito minúsculo de papel el chicle de sandía que venía masticando. A continuación se sentaba en el capó y encendía un cigarrillo. Daba varias caladas, muy cortas y muy rápidas, mientras dibujaba en la arena con la punta del zapato y levantaba el mentón para expulsar el humo en una mueca de pez que la llevaba a mirar —pensaba yo— lejos de ese lugar y de ese tiempo.

Una vez en clase, recuperaba toda su juventud. Entraba con una sonrisa que no parecía de este mundo y ponía nuestras vidas patas arriba. Hoy nada de libros, decía según cruzaba la puerta —taconeo y golpe de perfume—. Entonces sacaba un radiocasete tan mutilado que parecía imposible que funcionara y nosotros, muertos de risa, tirábamos los libros al suelo en un estruendo de demolición que hacía vibrar los cristales de las ventanas mientras en el piso de abajo la señorita Pilar golpeaba el techo con un palo de escoba.

Esos días la imaginación se volvía un veneno, un espejismo de que la felicidad —tal vez— existía y de que nosotros —quizá— podíamos formar parte de ella.

Pero había otros días en los que Carmen no fumaba al bajar del coche, ni se guardaba su chicle de sandía en un trocito de papel, ni descansaba unos segundos en el capó antes de enfrentarse al tedio del colegio de monjas, ni miraba más allá de ese lugar y de ese tiempo y ni siquiera taconeaba al entrar en el aula. Esos días venían anunciados ya por su manera de vestir: deportivas de lona, mono vaquero, camiseta imposiblemente blanca. Uno a uno nos apartábamos de la ventana con cara de funeral pues sabíamos que con esa ropa tan aburrida vendrían también la ristra de actividades aburridas —ejercicios de la página 23 a la 25— que Carmen anunciaba con voz ronca y aburrida. Una voz con la que, sin embargo, conseguía hipnotizarnos. Luego se cruzaba de brazos junto a la ventana con un pañuelo apretado en el puño y la mirada clavada en un lugar invisible, en la vaciedad más absoluta. Y así permanecía lo que duraba la clase, sin que ninguno de nosotros se atreviera a pronunciar palabra, temerosos quizá de ser los causantes de su desconsuelo. En días así, uno podía confundir estar triste con estar vivo.

*

Llegó el fin de semana y allí nos presentamos. Recios, más morenos que el asfalto e incapaces de disimular los nervios. En la parcela del vecino, un jardinero podaba la jungla de plantas trepadoras que crecían abrazadas a unos arcos de metal. Al vernos nos saludó y bromeó un rato con nosotros. Nos llamó señoritos y aquello nos hizo mucha gracia, de modo que nos pasamos varios días llamándonos señorito López o señorito Guzmán.

La verja, con las bisagras sueltas y movida por el aire, hacía un ruido de película de Hitchcock. Había un andamio. Cristales rotos. Una pila de ladrillos. Un comedero de pájaros tumbado en el suelo. Madera amontonada. Rastrojos y pecina verdosa.

La casa de trazado sobrio y a medio encalar se levantaba algo deslucida al final de la parcela. Las paredes estaban tapadas casi en su totalidad por enredaderas sin domesticar y los parterres, en lugar de tener flores de colores como en el resto de casas, estaban cubiertos de malas hierbas, margaritas salvajes y plantas resinosas llenas de insectos.

Con una cautela desproporcionada, avanzamos por un paseo de piedras muy pulidas, como chupadas por un gigante. Miki cogió una y se la guardó en la mochila. Impulsados por nuestra conciencia de grupo, los demás hicimos lo mismo. A la derecha había una estatua lechosa cubierta de una fina capa de musgo, de su boca salían hilillos de agua que luego discurrían por un pequeño canal terminado en una pileta con dos pececillos naranjas. Una manguera silbaba por un pequeño agujero y enfangaba todo a su alrededor. La hierba, desatendida, era de un verde muy verde, un verde que reventaba de verde. La piscina, arriñonada, no era muy grande, pero a juzgar por las manifestaciones de asombro creo que a ninguno nos lo pareció. El agua estaba verdosa y los garapitos se deslizaban por la superficie como si fuera gelatina de menta. Ninguno habíamos estado antes en una piscina. En un lago, sí; hacía mucho tiempo, en una excursión de fin de curso que las monjas remataron con un una-y-no-más-Santo-Tomás. También nos habíamos bañado en el río, muchas veces, cuando el padre de Tano nos dejaba subir a todos los que pudiéramos entrar en su viejo Citroën Palas y nos llevaba al arenal del soto. Incluso algunos de nosotros habíamos estado en el mar.

Pero en una piscina, jamás.

Antes de llegar a la puerta, Carmen salió a recibirnos. No he podido recordar lo que llevaba puesto, pero sí que a ella le sentaba mejor que a cualquier otra mujer sin que sepa decir por qué. Era un ser iluminado, bañada por una luz de champán. Lo primero que llamaba la atención era su manera de caminar. Se mantenía en el aire —lo puedo jurar— mucho más tiempo de lo que las leyes de la física permitían. Llevaba un pañuelo de flores en la cabeza y unas gafas oscuras y enormes como ojos de mosca. De sus manos colgaba un rodillo que goteaba pintura blanca. Estaba morena, casi embetunada, y un anatomista podría nombrar fácilmente todos los músculos del cuerpo humano que se le marcaban bajo la piel.

Carmen bromeó de manera jovial y espontánea, con modales reposados y naturales. Muchachos, qué alegría me da verlos, dijo como en un idioma distinto, y luego dijo muchas cosas más: que ya ven el quilombo, que en la nevera tienen agua fría, que la pasen bien, que están en su casa, yo tengo que laburar.

Lentos de reflejos, nos avergonzaba dejar las mochilas, hablar entre nosotros, quedarnos en bañador. Tras la caída del seto, a Miki le habían vendado el brazo y no podía bañarse, de modo que se sentó bajo una pérgola de madreselvas y los demás hicimos lo mismo, apiñados como mejillones.

Carmen salió al cabo de unos minutos. Se había puesto un bikini y un pareo floreado alrededor de la cintura. Caminó hacia el otro extremo de la piscina y se tumbó en una hamaca. Mientras corregía exámenes con el tapón del bolígrafo en la boca, balanceaba suavemente una de sus piernas. Tenía las uñas de los pies pintadas con esmalte azul, gotas de pintura en el empeine, una cadenita plateada alrededor del tobillo —la memoria guarda recuerdos así de curiosos—. De cuando en cuando nos miraba y sonreía, satisfecha de tenernos allí. Nos hizo un par de preguntas en inglés y nos sentimos muy estúpidos por no saber qué responder. Luego señaló la piscina con un movimiento de cabeza: *Why don't you take a bath, guys?*

Asaltado por un ataque irreprimible de fe, Tano se quitó la camiseta vieja de los Chicago Bulls con la que pasaba los veranos enteros y se lanzó a la piscina como si estuviese en llamas. Yo fui tras él sin pensarlo. El agua estaba tan jodidamente fría que el choque térmico me dejó sin respiración. El último en saltar fue el gordo de Billy. Abrazó sus rodillas en el aire, emitió un chillido de chimpancé y nada más caer al agua originó una explosión tan desmesurada que provocó la primera risa de Carmen. Y con esa primera risa llegó la revelación, el encargo divino que explicaba el verdadero motivo por el que nos encontrábamos allí. De modo que pasamos los siguientes minutos tratando de repetir la hazaña, arrojándonos a la piscina de las maneras más deslumbrantes posibles: patadas de kárate, volteretas y tropiezos a lo Charlot. Todo con una vehemencia que solo buscaba el contento de nuestra profesora de inglés. Y así hubiéramos seguido toda la tarde de no ser porque Tano, vulnerable como siempre a meter la pata, se llevó las manos al pecho y simuló caer al agua abatido por un disparo en el corazón. Carmen bajó de inmediato la mirada, perdió todo interés en nuestro espectáculo y regresó a la tristeza de sus exámenes. Así fue como aprendimos que con Carmen no había emociones intermedias y que, si sabíamos escuchar, sus ojos nos dirían más que cualquier boca.

Cuando terminó de corregir, Carmen fue a sentarse a la sombra junto a Miki. Empezaron a hablar, luego a gesticular, luego a reír. Parecía ya el reencuentro de dos amigos de toda la vida. Compartieron cigarrillo y toalla. Compartieron bromas y confidencias. Carmen llegó incluso a cogerle del brazo lesionado y a contarle los dedos uno a uno como buscando el origen de su dolor.

Ojalá tuviera yo un brazo roto, dijo Billy, y puedo asegurar que, según lo dijo, el agua se enfrió más todavía. Perros mojados y ridículos, en eso nos convertimos de pronto, llenos de una ira primitiva que brotaba de haber perdido tanto tiempo tras una pista falsa.

Salimos de la piscina y nos tumbamos al sol. Hasta el sol era distinto en aquella casa. Más allá del jardín era seco y arenoso, polvo caliente sobre la piel. Pero en la parcela de Carmen, al levantar la vista, solo había cielo azul, azul; una gran bóveda de plástico azul.

Más cosas: caballitos del diablo, olor a hierba, a jazmín, ruido de cortacésped y ojos rojos —Carmen se había pasado con el cloro, pobrecilla—; en verdad parecíamos vampiros.

Y nada más.

O quizá sí, pero es que todo era irrelevante salvo nuestra querida profesora de inglés.

Carmen aprovechó que la piscina se había quedado vacía para quitarse el pareo y meterse en el agua. No quería mojarse el pelo, así que empezó a nadar con suaves movimientos de rana en un chapoteo circular con el que apenas alteraba la superficie. Nadaba en silencio y en ese mismo silencio nosotros la mirábamos como quien mira un milagro. No sé qué pensarían los demás al verla —levísima, orgullosísima, osamenta de gacela—, pero yo pensaba que Carmen parecía una chica solitaria, de las que siempre se van a casa antes de que se termine la fiesta, de las que sonríen y bajan la mirada cuando les hablas; la chica de la que todos se enamoran siempre.

Después de dar tres vueltas por el borde de la piscina, se anudó una toalla amarilla alrededor del cuerpo y desapareció detrás de la casa.

Lo que dijimos en su ausencia será mejor omitirlo. Esas cosas que hacen reír a los adolescentes, no hay más.

Al poco rato volvió —codazo, codazo, guiño, guiño— vestida de un flamante blanco nupcial. Descalza, pelo recogido, sonrisa infantil. Nos pidió ayuda y corrimos a colocar mesas, sillas de camping y platos de colores para que nos sirviera una merienda militar. Incluso sacó un cubo metálico con botellines de cerveza sumergidos bajo grandes bloques de hielo.

Con Carmen todo era tan natural y sencillo que llegamos a creer que nuestra vida sería siempre así, bella y coherente; que lo bueno había llegado por fin y que había llegado para quedarse.

A continuación, dijo muchas cosas seguidas.

Dijo: Me muero de hambre.

Dijo: Perdonen el desastre, pero recién acabo de mudarme.

Dijo: Si por mi fuera, no bebería otra cosa que cerveza fría.

Dijo: Siempre quise una casa con jardincito, vieron, pero por ahí que con la plata de profesor no alcanzá para más.

—Claro, claro, señorita.

—Pero, muchachos, llámenme Carmen.

—Claro, claro, Carmen.

Carmen daba mordisquitos a un sándwich de atún y se pasaba la lengua por el borde de la boca para arrastrar pequeños restos de mayonesa. Nos preguntó cómo nos iban las cosas, qué planes teníamos para el verano, a qué queríamos dedicarnos cuando terminásemos la secundaria. Pero lo más relevante de todo no fue el qué sino el cómo, es decir, por increíble que parezca nos hizo sentir que nuestras respuestas de verdad le importaban.

El inconveniente, una vez más, es que no había mucho que contar.

¿Qué puedo decir? Éramos tan solo un puñado de bobos de quince años. Billy tendría ya diecisiete, casi dieciocho, pero lelo e inocente como un niño de cinco. Miki era el chico que presumía de ganar todas las carreras de motos y de acostarse con todas las chicas, alguien capaz de lanzarse por un precipicio y bostezar a media caída. Tano aún parecía a punto de tomar la primera comunión. Y en cuanto a mí, con mi patoso uno ochenta y pico y mi bigotillo de monje Shaolín, era uno de esos muchachos a los que sencillamente olvidas a los cinco minutos de haber conocido.

Pero fue tan grande nuestra sorpresa que enseguida empezamos a hablar, a quitarnos la palabra unos a otros. Todos intentábamos contar nuestra historia. Todos queríamos que Carmen la escuchara. Yo quería irme al extranjero, a Alaska o Canadá, y convertirme en escritor —o quizá no, quizá me lo estaba inventando en ese preciso momento para impresionarla—.

—Escritor, ¡qué bueno, che!, léete a Cortázar, tenés una edad de la remadre para leer a Cortázar. —Carmen recitó un párrafo de Rayuela.

Miki, piloto de carreras.

—¿De veras?, mirá que sos valiente.

El chalado de Billy, como siempre que tenía oportunidad, dijo que él iba a ser bombero —no que le gustaría ser bombero o que algún día quizá sería bombero, sino que lo iba a ser sin ningún hueco para la duda—.

—Si mi casa estuviera en llamas, me gustaría que me rescatase un bombero como vos, Guillermo.

(Oh, jamás vimos mayor alegría en sus paletas de castor).

Y Tano estaría con la novedad del momento en materia deportiva, y la novedad del momento eran las contrarrelojes de Miguel Indurain y las piernas de Steffi Graf, aunque su bicicleta se le caía a trozos y lo más cerca que había estado de jugar al tenis había sido golpear con la palma abierta una pelota negra y lampiña contra el frontón del barrio.

—Loco, pero yo adoro el tenis, siempre quise ser como la Sabatini, viste. Ay, pero qué lindos y qué jóvenes que son.

Cualquier otro adulto habría aprovechado la veta abierta para hartarse de consejos y burlas. Pero Carmen no era como los demás adultos. Carmen se limitó a escucharnos, a abrir mucho —muchísimo— los ojos mientras asentía y masticaba y decía perdón, perdón, pero tengo un hambre de la reputa.

No hizo falta más. Todo se volvió fácil, todo probable. Ya casi éramos escritores, pilotos, bomberos, tenistas profesionales. Éramos personas de éxito que conversaban con el tono engreído y condescendiente de las personas de éxito. De pronto, teníamos problemas de adultos, usábamos palabras de adultos, reíamos y mirábamos y sujetábamos los botellines por el cuello de la botella como hacían los adultos.

Animado por el momento y la cerveza, quise que fuera ella quien hablara, que fuera ella quien contara. Le pregunté si siempre había querido ser profesora, si le agradaba el colegio, si le gustaba dar clases de inglés.

—Bah, ya saben cómo es aquello.

—Claro, claro.

Entonces pegó un brinco y, aún con la boca llena de pan con atún, levantó el dedo índice y desapareció dentro de la casa: No se me vayan.

Al poco regresó con una cámara de fotos y un pequeño trípode que colocó sobre un macetero para que pudiéramos salir todos juntos. Pero sonrían, muchachos, dijo, ustedes son mis primeros invitados. *This is a moment to remember.*

Clic.

(¿Qué habrá sido de aquella fotografía?)

Con aquello Carmen recuperó la alegría y las ganas de hablar y empezó a enumerar toda la lista de mejoras, trabajos y reconstrucciones que necesitaba aquel lugar para convertirlo en un espacio habitable. Que si humedades, armarios, tarima nueva o pulir la vieja, desconchones, el tejado —mucha plata, el tejado—, muebles por lijar y barnizar, muebles por montar, las escaleras de la despensa que cualquier día por ahí me dan un disgusto, y el jardín, no me hagan hablar del jardín, ya lo vieron.

Tantas cajas todavía por llegar, por abrir, por colocar: Un quilombo de la reputísima, quién me mandaría a mí, jajá.

Entonces sucedió.

Uno a uno cruzamos los ojos entre nosotros para confirmar que lo que cada uno pensaba era a un mismo tiempo lo que todos los demás pensaban. Y con esa mirada y un leve golpe de barbilla se tomó la decisión que cambiaría para siempre nuestro verano.

—Señori…, es decir, Carmen, nosotros podemos venir a ayudarte con todo eso.

—Pero no, locos…

Pero sí.

*

Nuestro verano se convirtió a partir de entonces en el verano que siempre habíamos imaginado que tenían los demás adolescentes del mundo. El verano de los anuncios de la tele y de las urbanizaciones americanas. Cada mañana la alegría nos echaba a patadas de la cama para ir a casa de Carmen. Desayunábamos a toda prisa, corríamos hasta su parcela y entrábamos como una vacada, sin llamar siquiera al portón cercado de aligustres.

Desde la ventana circular de su habitación, Carmen nos saludaba con una enorme sonrisa mientras hacía un gesto con todo el brazo para invitarnos a pasar. Entonces nos colocábamos el flequillo, estirábamos el cuello y respirábamos muy hondo.

Y, hala, a pintar, a apuntalar marcos, a limpiar telarañas, a arrancar tablas levantadas, a verter vinagre con sal en las malas hierbas.

Billy acaparó toda la mañana la manguera para regar las plantas y limpiar las persianas de barro. Tano, aunque después juró que nunca antes había sujetado ni un destornillador, manejó con destreza el taladro y fue capaz de cortar tablones larguísimos con un viejo serrucho. En una sola mañana reparó varias sillas, sujetó el toldo a la pared y asentó los marcos y las bisagras de la puerta principal. Miki se lanzó con un entusiasmo desconocido a acondicionar el jardín. A pesar de tener un brazo inutilizado, en pocas horas arrancó varios carretillos de maleza y consiguió reparar el motor del cortador de césped. Carmen no pudo controlar su alegría cuando escuchó carraspear aquel trasto oxidado y nos invitó a comer para celebrarlo. Por mi parte, sin ningún talento conocido, me dediqué a rascar el óxido del enrejado y a vaciar la chimenea de palomas muertas.

Mientras nosotros trabajábamos afuera, Carmen subía y bajaba escaleras, colgaba cuadros, cambiaba muebles de sitio y ponía tangos en un viejo tocadiscos que sacaba hasta la terraza con una alargadera. Carlitos cada día canta mejor, ¿no creen?, nos decía llena de emoción mientras improvisaba pasos de baile con una pareja invisible.

—Claro, Carmen, claro.

*

Llegaron muebles, cajas, maletas, colchones, lámparas, trastos. Tantas y tantas cosas que parecía imposible que pudieran entrar en aquella casa.

Al tercer día Carmen me pidió ayuda para levantar una estantería. Guapa y burlona, me agarró por la cintura mientras pintaba los barrotes del porche y me llevó escaleras arriba tarareando una canción. Entre los dos levantamos la estructura de madera, la nivelamos y la anclamos a la pared. Luego nos sentamos en el suelo a descansar frente a un ventilador de pie y yo dije algo —todavía intento acordarme— que a ella le dio pie para contar una historia triste que no pienso repetir. Después Carmen encendió un cigarrillo y me explicó que le gustaría llenar esa casa de niños, de libros, de música, mientras miraba la estantería como el que sabe que el tiempo de las grandes decisiones ha llegado a su fin.

Es mi tango favorito, dijo entonces —sonaba *Por una cabeza*—, la gente piensa que habla de carreras de caballos, pero nada de eso, habla de mujeres y de la pasión perfecta, la que nunca llega a cumplirse. Carmen se quedó en silencio hasta que terminó el tango, y todavía un rato más mientras a mí me latía el corazón en los oídos. Luego sacudió la cabeza para apartar un mechón de pelo, o quizá para sacarse de encima un pensamiento que la incomodaba, y se colocó frente a mí. Pero en lugar de mirarme —gracias a Dios—, Carmen alzó los ojos en diagonal, se llevó el dedo índice a la boca en una mueca de mala actriz y me preguntó en inglés si había leído ya a Cortázar. Que sí, balbuceé, que tal vez, que no. Entonces me puso su cigarrillo en los labios y se dio la vuelta para rebuscar en cajas de cartón, desórdenes de papeles, cartas, fotografías, archivadores.

—Por fin —dijo acercándome un libro.

—¿Quién es este? —pregunté al encontrar entre las primeras páginas la fotografía de un hombre repeinado y algo ojeroso que parecía mirarnos desde el más allá con su brillantísima sonrisa.

—Ay, pibe, el amor de mi vida —dijo—, ¿quién si no?

Y se llevó la foto al pecho, y le dio un beso, y la miró como se mira un intenso oleaje en un día de invierno antes de meterla en un marquito vacío y colocarla en el hueco central de aquella estantería recién levantada. Carmen agitó la cabeza otra vez, acaso negando, acaso sacudiéndose de nuevo un recuerdo que creía olvidado del mismo modo que hacen los perros al salir de un río.

—Qué retonta que soy —dijo con los ojos húmedos e inusualmente alegres—, tenés suerte, vos aún no habéis elegido.

Debería haberle dicho que yo no creía que fuera ninguna tonta. Haberle dicho que era peor no poder elegir. Haberle dicho cualquier cosa que sonara sutil y reflexiva. Haberle dicho…

Pero, ay, solo me encogí de hombros y bajé la cabeza mientras trataba de arrancar con la zapatilla una gota de pintura blanca del suelo.

Carmen dio un paso adelante, luego otro y otro y, cuando ya no pudo avanzar más, colocó su mano derecha en mi barbilla y me obligó a mirarla. Tenía los ojos rojos, como recién salida de una tormenta de arena, y sonreía, o al menos lo intentaba. Me gustaría decir que fue entonces cuando me confesó el verdadero motivo por el que me había pedido a mí, y solo a mí, ayuda para montar la estantería. Pero no puedo. En su lugar, Carmen me revolvió el pelo, me dio un beso en la mejilla y se marchó bailando escaleras abajo.

Cosas así no se olvidan.

*

Trabajábamos todos los días. La mañana entera. Sin descanso. Hasta que el calor nos daba un manotazo y llegaba la hora de comer. Mientras nos bañábamos, Carmen colocaba las hamacas a la sombra de la pérgola y sacaba el almuerzo. Mañana será otro día, muchachos, nos decía, es importante descansar para retomar el trabajo con ilusión.

Así que nos quedábamos también toda la tarde, ya sin trabajar, hasta que el sol se hinchaba, la luz se volvía densa y naranja y empezaba el concierto de grillos.

Ese era el momento que todos esperábamos. El momento de dejar de jugar a las cartas o de dar toques al balón de fútbol. El momento de sentarnos al borde de la piscina. El momento en el que Carmen se unía al grupo y nos contaba historias, historias con un repertorio arborescente de anécdotas de las que nada entendíamos, pero que escuchábamos y reíamos sin saber de qué reíamos. Eran historias divertidas, inverosímiles, llenas de territorios exagerados, revelaciones y donativos del azar. Lo mismo te hablaba de jirafas que de glaciares, que de repostería que de poetas americanos o de grandes viajes en tren. Todo con un entusiasmo y una destreza en la inventiva que nos hacía abrir la boca como niños en el circo.

Mientras hablaba, Carmen movía los pies de atrás adelante en el agua, abría mucho los ojos y encogía los hombros.

Mientras escuchábamos, movíamos los pies de atrás adelante en el agua, abríamos mucho los ojos y encogíamos los hombros.

Y decía —contaba— que ya no era ni de acá ni de allá, pero que cuando fuera viejita volvería allá, a montar una escuela de tangos, porque allá, en La Argentina, era donde tenía los recuerdos. Y a cada rato echaba cuentas para saber qué hora sería allá, sí, siempre allá; allá, en La Argentina. La Argentina, decía una y otra vez. Y con ese la, con ese artículo, con esas dos letras, Carmen levantaba una pared infranqueable que nos hacía sentir pequeños y vulnerables. Una pared que nos devolvía cruelmente a nuestro lugar en el mundo.

*

Pronto descubrimos que Carmen entraba en casa todas las noches para hablar por teléfono.

Carmen siempre parecía saber de manera inconsciente el momento exacto en el que llegaría la llamada. Un instinto que estaba más cerca de la magia que del talento. Y es que no fueron pocas las veces en que, con una tranquilidad que me perturbaba más que su prodigiosa intuición, Carmen predecía lo no dicho, lo no visto. Anunciaba tormentas en días despejados minutos antes de que empezaran a caer las primeras gotas, o se giraba no más pensabas en pronunciar su nombre, matándote del susto con una mueca de burla.

Ya antes de que nosotros pudiéramos escuchar nada, Carmen salía del agua, corría dentro de la casa y descolgaba el teléfono.

De esta manera descubrimos cosas nuevas de nuestra profesora de inglés.

A saber: que cuando estaba nerviosa se mordía las uñas sin llegar del todo a mordérselas, que al correr sobre la hierba lo hacía subida en unos tacones invisibles, que la piel mojada le brillaba como las escamas de un pescado al sol.

Y nos inventamos otras, agregando entre todos detalles hasta darlas por ciertas con la fuerza incontrolable de la fabulación.

A saber: que estaría casada con el hombre tan repeinado de la fotografía enmarcada. Allá, claro, en La Argentina. Que pronto ese hombre, que más que un hombre era una amenaza, vendría a esa casa que nosotros arreglábamos para ellos. A dormir a ese dormitorio que nosotros habíamos pintado, amueblado y lijado para ellos. A bañarse a esa piscina que cada mañana limpiábamos de insectos y ratones ahogados. A tumbarse en ese césped —ahora tan recortadito— para decirnos que gracias, que buen trabajo, muchachos, que ya nos veremos.

Pero ese hombre estaba en la otra punta del mundo.

Claro.

Y éramos tan jóvenes.

Por supuesto.

Y era verano.

Desde luego que sí.

Y aquella casa era —de alguna manera o al menos en parte— también nuestra casa.

Y ahora, y aquí, y además, éramos nosotros los que estábamos con Carmen, la mujer que te decía boludeces, y dale, pibe, dale, que parecés una nenita con el martillito, siempre en diminutivos, siempre en un deje cantarín. La mujer que se embroncaba de mentira para luego pasarte la brocha llena de pintura blanca por la cara y salir corriendo para que la persiguieras por toda la casa, entre cajas, cables y escaleras, hasta que, derrotada por la risa, se tiraba sobre el césped del jardín y te pedía clemencia. La mujer que te agarraba de pronto en mitad del porche para dar dos pasos de baile mientras tarareaba el tango que sonaba de fondo. Decía: Este es un Milonguero o este es un Cayengue, ay, pero qué retorpes que son mis alumnos. A mí me decía amargo o espalda de madera y que tenía que agarrarla bien firme y bien suave, todo al mismo tiempo, porque el tango es un diálogo, boludo, relajate y hablá conmigo. Yo sufría palpitaciones, un vértigo ingrávido y, cuando por fin me soltaba, aún tardaba un rato en recuperar la serenidad. Carmen, rebuena, regraciosa, remaléfica Carmen.

*

Después de la llamada de teléfono, Carmen salía de la casa con el sigilo asesino de los gatos y, antes de que pudiéramos darnos cuenta, se tiraba de golpe al agua para salpicarnos, para empaparnos, para inundarnos de su renovada alegría. Así que todos al agua. Peleas. Aguadillas. Carmen a hombros. Carmen sumergida. Carmen que se ahoga de mentira. Billy que pierde el bañador. Tano que hace una pirueta. Miki que salta desde el manzano. Más risas. Toda nuestra euforia adolescente puesta a trabajar hasta caer derrengados en la hierba con un ahhh de satisfacción.

¿A quién le importaban entonces las llamadas de ese hombre repeinado y quejoso de la fotografía?

¿A quién le importaba el tiempo que nos quedaba?

Éramos felices y nos moríamos a cámara lenta.

*

Una noche en la que el calor no aflojaba nos tumbamos en las escaleras del porche junto al ventilador. Había una oscuridad seca, solo alterada por el resplandor de luna amarilla que nos transformaba a todos un poco en espectros.

Miki lio un par de porros. Carmen sacó unos vasos pequeñitos, los llenó de tequila y empezó a contarnos historias de tangos prohibidos, de negros y de gauchos, de guitarras y tambores, de tugurios porteños donde bailar era igual que caminar sobre una cuerda tendida en un abismo. Carmen hablaba y hablaba, por primera vez hablaba de cosas que entendíamos. Era tal su entusiasmo que bailaba a nuestro alrededor con movimientos ligerísimos y elegantes. El color de los ojos le cambió a gris y levantó una sonrisa cuarto menguante mientras nos describía cada paso, cada nota, cada vibración; minuciosamente, midiendo el valor y el peso de las palabras como si fueran a quedar grabadas en piedra.

Todo era hermoso y terrible al mismo tiempo.

Cuando terminó la canción que solo ella escuchaba, Carmen tembló como una vela y se sentó en la postura de un buda. Entonces, tras un suspiro y otra ronda de tequilas, nos habló —por fin— de ella, de su vida, del pasado, de una Carmen que nunca podríamos conocer porque había muerto en otro tiempo y otro lugar.

Nos dijo que de niña vivía en una calle muy larga y muy ancha, llena de cafés, de teatros, de gente apresurada. Nos dijo que el marco de su habitación era un cuadro donde se veían campanarios, puentes, avenidas, carros, millones de seres humanos que se movían como hormigas después de que un niño hubiese meado sobre el hormiguero. Nos dijo que Buenos Aires huele a mate, a combustión de autos, a basural, a pasto recién cortado. Nos dijo que echaba de menos el dulce de leche de su madre, que la gente silbara por la calle —como en Martín (Hache), la película, ¿la vieron?, qué llorera, boludo—, las charlas interminables con desconocidos en el colectivo y tener el pelo largo hasta la cintura.

¿Quién podría imaginar que aquello fueran cosas importantes?

Así terminamos la noche. Borrachos y felices bajo las estrellas. Aturdidos en ensoñaciones que ninguno se atrevería jamás a revelar por mucho que supiéramos el carácter común de las mismas.

*

Pasó medio verano.

(Tranquilos, muchachos, aún nos queda el otro medio. Piensen que todavía hay que forrar armarios, enyesar agujeros, masillar desconchones, volver a levantar medio tejado para saber por dónde carajo entra el agua, colgar y descolgar cuadros, atornillar bisagras, picaportes, quitar el nido de golondrinas del porche. Ay, no, pero mejor déjenlo, ya me acostumbré a las golondrinas).

Mientras, los días, quisiéramos verlo o no, se acortaban como una mecha encendida.

*

Poco a poco, casi sin darnos cuenta, las llamadas de teléfono dejaron de tener un carácter predecible. Algunas veces se adelantaban, pero por lo general cada día tardaban más en llegar. Carmen se movía inquieta, ajena a las conversaciones, atrincherada en monosílabos. Miraba el reloj. Nos preguntaba la hora. Calentaba y recalentaba infusiones que nunca bebía. Echaba cuentas en silencio. Entraba y salía de la casa para comprobar no sé qué cosa. Por el amor de Dios, que llame ya, pensábamos —respiración contenida, silencio de velatorio—.

Hubo incluso un par de noches en las que no hubo llamada y a Carmen le salió toda la infancia de golpe. Y otra aún peor en la que la conversación fue demasiado breve, no más que tres o cuatro murmullos, dos interjecciones, un ya. Y otra, la peor de todas, en la que fue Carmen quien no pudo esperar y entró en casa para marcar a escondidas, como si quisiera ocultarnos algún tipo de vergüenza o de vicio, como si aquella no fuera en realidad su casa y nosotros unos gallegos impertinentes del orto.

Aquella noche, tengo que decirlo, Carmen bebió mucho, fumó mucho y no contó casi nada. Movía las manos igual que si manejara títeres invisibles. Hablaba de todo y de nada, tropezando con las palabras, mezclando las conversaciones como si su cabeza fuera una radio en continuo cambio de emisora. Se transformó en una mujer del todo desconocida —mueca dislocada, jerga porteña, acento de todas partes—, un ser lleno de vergüenza y orgullo y autodesprecio y arrogancia con la habilidad de rimar cualquier comentario con decepción y tragedia.

Nosotros bebíamos también, a sorbitos, como un grupo de cowboys, en un silencio incómodo de miradas cortas. Hasta que ese mismo silencio se nos hizo una almohada dura y áspera e intentamos por todos los medios hablar de nuestros propios disparates; temerosos, acaso, de que llegase otra vez el silencio y fuera ella quien tuviera que rellenarlo.

Trago a trago, Carmen perdió la autoridad que da el sufrimiento y saltó de lo eufórico a lo tenebroso. Nos dijo que. Nos dijo ya. Nos dijo no. Nos dijo que el tiempo primero madura y luego pudre. Nos dijo que no hay peor defecto que ser lo que uno aparenta ser. Nos dijo que todo en la vida termina por llegar, pero que, cuando llega, una ya no lo necesita, la concha de su madre. Y por fin dijo que tenía muchas historias que contar, todas tristes.

Y triste se puso. Como el final del verano.

O el verano se entristeció con Carmen.

Tanto da.

Porque entonces se levantó una ventolera fría, húmeda, sucia, y en lugar de refugiarnos en su casa como hubiéramos hecho en otras circunstancias, Tano bostezó y dijo que era tarde. Y Billy dijo que era tarde. Y todos levantamos la vista hacia el reloj del porche y repetimos que sí, que era tarde. Y, sin saber muy bien por qué, nos dirigimos con andares de ejército rendido hasta el final de la parcela para recoger nuestras bicicletas.

—Hasta mañana, Carmen.

—Hasta mañana, pibes.

*

Contra cualquier pronóstico, el verano se terminaba y de pronto nos vimos asaltados por todas aquellas responsabilidades que habíamos ido dejando olvidadas. Se acercaban, por ejemplo, las recuperaciones de Mates y de Lengua, lo que hizo que obligaran a Tano a encerrarse en casa para preparar los exámenes. Billy cumplió los dieciocho a principios de septiembre e ingresó en una escuela especial donde le enseñaron a tallar madera y a construir casetas para pájaros. Carmen lloró al despedirse. El bobo de Billy también lloró al despedirse y la abrazó con todo el cuerpo como hacía siempre que alguien lo trataba con algo de ternura. En cuanto a Miki, sencillamente dejó de venir. Al poco tiempo nos enteramos de que lo habían encerrado en un centro de menores. Alguien dijo que había robado la recaudación de los recreativos. Otros dijeron que había estrellado la furgoneta de su padre. Incluso se dijo que se había fugado con una compañera del colegio, que estuvieron varias semanas escondidos en un hotel de Portugal y que, finalmente, los detuvo la policía. Se dijeron muchas cosas. Cualquiera sabe. Miki era capaz de todo eso junto y más.

En cuanto a mí, recuerdo los últimos días de ese verano envueltos de una desconcertante neblina. Días de tonos malvas y ocres. Días que menguaban y se cubrían de nubes mientras Carmen, poco a poco, dejaba de trabajar en la casa, de buscar el origen de la gotera, de proponer cambios extravagantes en la decoración. Días, también, en los que Carmen definitivamente renunció a la risa y a bailar tangos, llevada por la rutina de preparar clases, encerrarse a dormir la siesta en su habitación y caminar horas y horas en círculos alrededor de la casa mientras miraba al cielo como si este pudiera ordenarle los pensamientos.

Dejamos de sentarnos en la piscina al caer la tarde, de beber tequila —sal y limón—, de escuchar tangos, de contar y contarnos historias. Solo algunas noches —muy pocas ya—, nos tumbábamos en las hamacas del porche y mirábamos las estrellas, muy quietos, en una actitud casi mineral. Carmen se tapaba con una manta de cuadros escoceses y daba sorbitos pequeños a una cerveza o encendía un cigarrillo con el cabo del anterior. Y yo allí, sin saber qué decir o qué hacer. Sin saber si mi presencia la incomodaba o, por el contrario, la salvaba de caer en un estado aún más contemplativo y ausente. La veía ahí, tan poca cosa, acurrucada en sus tristuras y sus secretos, y solo podía pensar en hablarle, en contarle, en decirle.

Decirle, por ejemplo, que se terminaban las vacaciones y pronto empezarían las clases en el colegio.

Decirle, por ejemplo, que la pared de la cocina necesitaba otra mano de pintura y que las golondrinas se habían marchado.

Decirle, por ejemplo, que había adelgazado y que le había crecido el pelo.

Decirle, por ejemplo, lo indecible.

Decirle, por ejemplo, algo.

Pero era incapaz. Se me había escapado cualquier noción de por qué seguía yendo cada mañana a esa casa, de por qué continuaba soportando su indiferencia mientras ella se pasaba el día leyendo revistas u observando a las abubillas picotear el suelo en busca de semillas y lombrices.

Carmen estaba y no estaba.

Carmen no decía, no hacía.

Carmen era una cosa sin nombre que pasaba las horas con la mirada fija en el aire o en la tela de una araña o en la estela de un avión.

Solo entonces comprendía o creía comprender mis propias contradicciones. Pues nada me gustaba más que Carmen pudiera estar en silencio a mi lado sin sentirse incómoda. Que no inventara excusas para librarse de mi presencia. Que al dirigirse a mí lo hiciera en un tono serio y confidente. Que se comportara, en definitiva, de un modo distinto conmigo a como lo hacía en presencia de los demás.

Cerca de la medianoche, Carmen bostezaba y se estiraba como en un potro de tortura. Luego se ponía de pie, doblaba la manta y me sonreía —muy rápido, tanto que si pestañeaba justo en ese momento me lo perdía— antes de darme un beso en la mejilla:

—Me subo a acostar, pibe.

*

La última semana de vacaciones tomé la decisión de subir al tejado con el convencimiento de encontrar el origen de la gotera o de morir en el intento. Escalé el andamio, encendí la manguera y me arrastré por las tejas como un perro de presa para seguir la dirección de cada pequeño hilillo de agua. Ni que decir tiene que mi sistema no funcionó, y que aquello originó en poco rato una nueva humedad en la habitación de invitados.

Pero esto no es lo que quería contar.

Lo que quería contar es que, en uno de los arrebatos de ira y desesperación, resbalé y me precipité al suelo. Lo que quería contar es que, en la caída al vacío, debí de pasar justo delante de la ventana de Carmen, pues al mismo tiempo que me golpeaba contra el suelo escuché un grito. Y lo que quería también contar es que Carmen salió corriendo de casa para conocer las consecuencias de mi fatal caída como hizo el primer día de verano con Miki. Los últimos pasos de Carmen, sin embargo, fueron lentos y cortos, como si se aproximara a algo que le diera miedo o que en realidad no quisiera ver. Me preguntó, me zarandeó, levantó la vista, miró a izquierda y derecha buscando algo o a alguien que pudiera ayudarnos, se dio la vuelta, regresó, volvió a preguntar, se agachó y se incorporó.

Dolorido y mareado, me llevé la mano a la cabeza y no encontré otra manera de escapar al ridículo que comenzar a reír. Carmen me miró desconcertada. Se puso de pie, retrocedió y, por un momento, creí que iba a desaparecer dentro de casa, enfadada y algo ofendida, como cualquiera hubiera hecho en su situación. Entonces ocurrió el milagro: Carmen caminó con paso firme hasta el andamio, agarró la manguera que bailaba como una serpiente enloquecida y me la enchufó en la cara. A duras penas conseguí liberarme del chorro de agua que me impedía respirar. Envestí a Carmen como un jugador de rugby, me la subí a los hombros y me puse a correr en círculos. Carmen comenzó a darme patadas, a llamarme por todos los insultos argentinos que le venían a la cabeza, a meterme la manguera por dentro de mi camiseta y a reír.

A reír. A reír.

Aquella tarde trabajamos juntos como en los primeros días de julio, con un cielo azul y limpio. Recogimos las hojas y los insectos de la piscina con un cazamariposas gigante, replantamos dos rosales, colocamos las casetas para pájaros que Billy le había regalado, cortamos un puñado de margaritas enormes y las metimos dentro de una botella con agua y hablamos de los cuentos de Cortázar que yo no había leído pero que, de algún modo, conseguí que Carmen creyera que casi me sabía de memoria.

Así se nos fue la tarde. El sol dejó una luz de color rosa sucio en el cielo y Carmen y yo nos sentamos al borde de la piscina con la inconfundible voz de Gardel saliendo del radiocasete.

—Carlitos cada día canta mejor, ¿verdad?

—Verdad, Carmen, verdad.

*

La casa terminó pintada, los muebles barnizados. Las escaleras dejaron de gemir, el césped quedó bien peinado, las ventanas firmes y limpias, la cocina brillante, el suelo listo para bailar. Aun con todo, yo remoloneaba en las tareas, levantaba tablas bien asentadas, daba nuevas capas de pintura, desmontaba y montaba picaportes, repasaba imperfecciones de las paredes con la brocha, podaba enredaderas y recolocaba rodapiés ya perfectamente alineados. Lo que fuese por no pensar en el calendario. Lo que fuese por alargar lo inevitable. Hasta que lo inevitable también nos alcanzó.

Una noche de mediados de septiembre, en la que ni hubo llamada ni Carmen se levantó a llamar, el verano perdió su ingravidez. Carmen había pasado la tarde de aquí para allá, en silencio, rehuyendo todo contacto, y cuando se hizo de noche no se sentó en el porche, ni puso música, ni se arrebujó en su manta de cuadros escoceses.

Se la veía inquieta, enfurecida o asustada por algo que le impedía adoptar una postura definitiva en la silla. Solo se acercó a mí cuando se levantó la ventisca y comenzó el efecto teatral de la lluvia —a menudo pienso que hasta ese viento y esa lluvia las tenía ya preparadas—. Me tomó del brazo del modo en que se toma del brazo a alguien en un paseo casual, y con una voz nueva, sin modismos argentinos, me arrastró hacia el portalón metálico mientras se despedía. En plural. Sí, en plural. Como si todos estuvieran escuchando. Como si en su cabeza los cuatro no fuéramos más que una misma materia amorfa e indivisible. Que muchas gracias, muchachos, que ya saben que los adoro, que no sé qué hubiera hecho sin su ayuda, que esta será siempre su casa para lo que necesiten, que acá tienen este sobre, que se lo ganaron con su trabajo, para que se gasten la plata en salir por ahí, en sus novias, en los boliches, en los recreativos, en chucherías.

¿Novias?, ¿recreativos?, ¿quién era aquella desconocida que parecía dispuesta a dejar al orgullo la última palabra?

Ni que decir tiene que no quise aceptarlo —ni su discurso ni su dinero ni nada que viniese de aquella mujer tan extraña, tan fría y ramplona—. Ninguno de nosotros —estaba bien seguro— había movido ni un solo dedo con la idea de recibir más de lo que ya nos había dado.

Carmen lo sabía.

Yo sabía que Carmen lo sabía.

Carmen sabía que yo sabía que ella lo sabía.

Quise alejarme, lanzar una bomba de mago y desvanecerme con el humo. Pero la única manera que encontré de sacudirme la humillación fue tomar el sobre que me ofrecía y correr lejos sin un adiós para el recuerdo.

Oh, Carmen.

*

Comenzó el curso.

Clases, recreos, fines de semana, litronas, pipas en los bancos del parque, un día-detrás-de-otro-día-detrás-de-otro-día.

Carmen no volvió al colegio. En su lugar llegó una nueva profesora sin canciones, perfume de coco o radiocasetes amputados. Sin camisetas estampadas ni botas largas ni jeans ajustados como una segunda piel de lagarto. Una nueva profesora de la que hoy ninguno sería capaz de recordar el nombre.

Me hubiera gustado decir que poco a poco me fui olvidando de Carmen, pero lo cierto es que la buscaba en todas partes y en todas las mujeres: una melena rizada o un esqueleto afinado bastaban para obrar el fenómeno. En ocasiones llegaba incluso a sentirla justo a mi espalda, acercándose, lista para cogerme de las manos y bailar: La pierna derecha atrás, juntamos, desplazamos al costado, ahora adelante y cruzás. Entonces, me daba la vuelta, entre el éxtasis y la taquicardia, para descubrir el vacío o la cara de mis amigos convencidos de mi locura.

Comencé a elaborar excusas, discursos, maneras de hacerme el encontradizo, motivos inverosímiles para visitarla. Y, aunque sabía que nunca reuniría el valor para que eso sucediera, me dejaba asaltar cada noche por la idea mientras me llegaba el sueño.

Pasaron dos meses y no pasó nada —bueno, eso no es del todo cierto, pasaron muchas cosas importantes (seguíamos siendo ridículamente jóvenes)—. Hasta que una noche descubrí en la estantería de mi habitación el libro de Cortázar que Carmen me había regalado. Lo abrí y empecé a leer, guiado por la superstición de encontrar un significado oculto, un sentir freático, un mensaje en clave que me explicara, que me hablara, que me acercara a ella. Pero nada saqué de la lectura, solo palabras sin sentido que me demostraban lo lejos que estaba de entender algo, lo mal que me quedaba el traje que yo me había imaginado y el desencanto que hay detrás de todas las esperanzas que nos construimos.

Fue entonces cuando pensé que hay cosas tan importantes que han de hacerse sin pensar —y que está bien que así sea—. Así que no pensé. No pensé en que afuera llovía. No pensé en el frío. No pensé en que la casa de Carmen estuviera lejos para ir andando en mitad de la noche. Ni tampoco pensé en cómo había terminado nuestro último encuentro.

*

Una lona de plástico azul sobre la piscina. La fruta de los árboles sin recoger. Las sillas y hamacas apiladas bajo la pérgola. En eso se había convertido nuestro verano y nuestro jardín.

Allí seguía el andamio que usamos para reparar el tejado. El césped había vuelto a crecer, las malas hierbas y los hongos y el barro cubrían el paseo de piedras y los pececillos naranjas flotaban de lado en la superficie de la pileta con ojos abismados.

Llamé a la puerta y la puerta se abrió sola. Carmen estaba de pie junto al fuego, con la mirada de cera y una copa de vino en la mano. Nada más verme se acercó a la mesa, sirvió otra copa y me la ofreció. Luego subió las escaleras y desapareció en su habitación. Regresó al poco, dentro de un vestido negro muy ceñido y con unos zapatos de medio tacón que le daban unos andares aristocráticos y renqueantes que para nada casaban con el instinto saltarín y vivaracho que le conocíamos. Sus ojos ya no eran grises sino celestes, casi hipnotizados. El pelo suelto, la cara limpia y suave, la nariz recta. Quizá no era la mujer más guapa del mundo, pero sí era mucho más hermosa de lo que yo pudiera contar.

Carmen intentó una sonrisa artificial, sobreactuada, una sonrisa de alguien que no quiere sonreír. Luego colocó la aguja en el tocadiscos, hubo un sonido de uñas sobre cristal y comenzó a sonar su tango favorito.

—Mano derecha acá, a media espalda, la izquierda acá, en línea con la mía, torso con torso, cabeza alta, espalda recta, hombros relajados; bailá conmigo, ¿querés?

(Oh, Carmen, bella, bella, Carmen, cómo no).

*

Terminada la música ninguno de los dos quiso separarse. Habíamos caído en un estado de hibernación y así seguiríamos hasta la llegada del deshielo, hasta que empezara un nuevo verano y emergiese todo aquello que la nieve sepulta: esqueletos de mamuts de las llanuras siberianas, tigres de dientes de sable, secuoyas monumentales, secretos.

Mis oídos solo atendían a las vibraciones más leves e imperceptibles: el crujido de las vigas, el zumbido de los cables de electricidad, el suave caminar de los insectos, el aleteo de las llamas en la chimenea, la fricción de los párpados al cerrarse. Carmen apoyó su cabeza en mi hombro. Yo acaricié levemente el suyo, esbozando algo parecido a la línea que dibuja un sismógrafo. Carmen encogió entonces el cuello, se dio la vuelta y me llevó de la mano escaleras arriba.

*

El sol asomaba ya detrás de los árboles y yo todavía no había sido capaz de cerrar los ojos. La noche se me desordenaba en la cabeza cada vez que intentaba recomponerla. Los recuerdos me llegaban frescos, pero al mismo tiempo parecía que me los estuviera inventando. Miraba a Carmen dormir y pensaba que nada de aquello tenía por qué terminar, que no había razón por la que no pudiéramos seguir así para siempre, en esta suerte de clandestinidad. No sería en aquella habitación, claro, sino en un departamento en Buenos Aires.

O mejor en un lugar nuevo, en una granja de Australia, por ejemplo. O en Noruega. O en Madagascar. Un lugar, en definitiva, inexplorado para los dos, en el que todo fuera igual y en el que nadie nos conociera. Era un sueño amable y factible. Era algo de verdad, algo que llegaría. Y supe con total claridad que un día, diez o veinte años después, en una isla de Escocia, o en una casita con jardín de la costa italiana, recordaría esa noche, y ese deseo, y esa promesa, y mirándome al espejo me diría: Ya ves, no fue tan difícil.

*

Cuando me desperté, Carmen no estaba a mi lado. Permanecí todavía un rato en la cama, tratando de conservar imágenes o sensaciones antes de que se desdibujaran para siempre con la brocha gorda de la memoria. A través de la ventana que daba a la parte trasera de la casa vi a una niña que montaba en bicicleta, vi a dos adolescentes con un balón de fútbol que se despedían de su madre, vi a una anciana que cortaba un manojo de flores y las colocaba delicadamente en el suelo. El mundo continuaba en perfecta armonía.

Al abrir la puerta escuché ruido en el piso de abajo. Voces, golpes. Un escándalo de hombres que hablaban a gritos y a grandes risotadas. Me vestí y salí al pasillo con la esperanza de encontrar allí a Carmen, pero lo que encontré fue una casa desnuda, sin muebles —¿había muebles anoche?—. Armarios vacíos, cuadros descolgados, cajas nuevamente etiquetadas y apiladas. Las bisagras de muchas puertas y ventanas habían vuelto a soltarse. Los techos estaban agrietados, pintados a brochazos, el pasillo lleno de maderas sueltas, la estantería que Carmen y yo habíamos anclado a la pared se había caído y desmembrado, las sillas y la mesa del porche aparecían astilladas o rotas, con la capa de barniz desbaratada. Todo lo que creíamos haber arreglado y reformado ahora mostraba la verdad de nuestra torpeza.

En la cocina y el salón había hombres con lapiceros en las orejas que subían y bajaban escaleras, tomaban notas y medidas, daban y recibían órdenes o cargaban trastos viejos en un camión aparcado junto al porche.

Sobre la chimenea solo quedaba la fotografía del marido de Carmen. Ese hombre tan repeinado, tan encorbatado y sonriente, ahora parecía mirarme de medio lado, acusador. Cogí el marco con una mano y con la otra el auricular del teléfono mientras improvisaba una mentira para mi madre: que con tanta lluvia me había quedado a dormir en casa de Tano y que, bueno, ya sabes que a veces con la tormenta se va la línea de teléfono y luego tarda horas en volver y no quería darte un susto llamándote de madrugada y…

Mientras me debatía en estas cavilaciones, se me acercó un hombre cargado con una caja de herramientas al hombro. Intentó decirme algo, pero con una mirada de fastidio le indiqué que estaba al teléfono, que me disculpara, que no podía atenderle.

—Carlitos cada día canta mejor —dijo colocándome la mano en el hombro.

—¿Eh?

—La foto, boludo. Carlitos. Gardel.

Intenté balbucear algo, pedir una explicación, buscar en la fotografía un mensaje que Carmen hubiera querido dejarme antes de marcharse. Un rastro, qué sé yo, para que pudiera seguirla y encontrarla. Pero, tras intentarlo varias veces, de mi boca no salió más que un tartamudeo incoherente. Cansado de tratar con un débil mental, el operario cambió de cara, arrugó las cejas y levantó hasta mi altura la caja de herramientas para mostrarme el logotipo de la compañía de teléfonos:

—Ya fuera de joda, pibe, la casa no tiene ni cableado telefónico, así que marchate de acá y dejá de romperme las pelotas.

SÍSIFO EN EL CALLEJÓN

Aparece a la vuelta de la esquina, en medio de una calle estrecha y limitada por contenedores de basura, grandes cajas de cartón y suciedad; uno de esos lugares que nadie puede dejar escapar si en sus planes está suicidarse.

Da vueltas sobre sí mismo, encerrado en una jaula diminuta e invisible. Hace peine con ambas manos y se acicala compulsivamente entre risitas y cabezadas de negación.

Resulta difícil entenderlo por las interferencias de su propio eco, pero grita algo así: Baja, que tenemos que hablar, sé que me estás oyendo, sé que estás ahí.

Repite varias veces el mismo ritual. Mira hacia las luces en busca de un maná que no llega. Luego baja la cabeza, herido de muerte, aunque no demasiado grave al parecer, porque enseguida retoma su bochornoso discurso lleno de ultimátums: Baja, tenemos que hablar, si no bajas me corto el cuello, te juro que me corto el cuello aquí mismo.

Unos chicos descamisados y ebrios se han detenido a disfrutar del espectáculo. Envalentonado por la fuerza del rebaño, el más alto dice algo que no puedo entender. Los demás le acompañan en las burlas. Imitan su cojera y sus gestos en una ceremonia de mímica y espejos. Le desafían, le ponen una corona de rey del *Burger King* y le tiran colillas que vuelan cerca de su cabeza como luciérnagas siseantes.

Tampoco así reacciona. Inmune a cualquier desafío, el tipo del callejón continúa con el juego de ruegos y amenazas, de iras y risotadas. En este proceso se va avinagrando hasta que el blanco de sus ojos se le viene en fosforescente y emite un alarido al tiempo que aprieta los labios, saca una navaja, se la lleva al cuello y tensa los músculos revelando todo su mapa de venas y arterias.

Ahora sí corro en su ayuda.

Hay sangre, pero el corte no ha pasado de un rasguño; una línea hinchada y ocre entre el cuello y la clavícula.

De cerca, todas las apariencias y prejuicios se confirman. Su cuerpo parece un campo de batalla, machacado por las inclemencias del vicio y la intemperie: compacto, nervudo, subalimentado y hermoso. Un tipo desamueblado, envuelto en una serie de tics que, de tanto en tanto, se reúnen en un solo espasmo global.

—Bah, me da que esta tía ya no baja.

—¿Quién? —pregunto al tiempo que miro hacia la colmena de luces.

—Vámonos de aquí —dice—, te invito a algo.

Le digo que no puedo acompañarlo, que debo ir a casa, que me espera mi mujer. El tipo dibuja garabatos en el aire con la navaja, echa hacia atrás la cabeza y la tuerce un poco para mirarme engallado y burlón.

—Ven conmigo.

Tal vez asustado, tal vez arrastrado por su repentino entusiasmo, salgo tras él. No resulta fácil, sin embargo, seguir su ritmo, menos aún el hilo de cordura sobre el que hace funambulismo. Habla y habla, y necesita demasiadas palabras para contar lo más simple, incapaz de terminar ninguna frase o idea. Salta de un bordillo a otro, gira sobre las farolas, hace flexiones y se columpia en las ramas y en las señales de tráfico. Comienza a cantar y a dar palmas flamencas, a pedirme fuego porque la noche y la vida acaban de empezar y solo queda una cosa posible que hacer con esta noche y esta vida: malgastarlas, dilapidarlas, quemarlas si fuera preciso.

Su efervescencia se parece mucho al delirio y su delirio se parece mucho a la locura.

Preguntado por sus orígenes, el tipo se ve invadido por un repentino ánimo fabulador. Comienza así a presumir de un pasado de autoestopista que lo ha llevado a conocer mundo, a vivir experiencias quijotescas en multitud de países en una serie infinita de asombrosas casualidades. He estado de aquí para allá, dice, en todas partes y en ningún sitio, en Orán, en Reikiavik y en un barco de pesca.

Cuenta y cuenta, y lo que cuenta no cabe en una sola vida.

En un rato empiezo a trabajar descargando cajas en el mercado, dice como quien anuncia que ha ganado un premio de talentos. A esas horas nadie quiere trabajar, a mí la hora me da lo mismo, a mí casi todo me da lo mismo, porque casi todo da lo mismo y yo siempre estoy despierto. Aunque no necesito el dinero, claro, dice como para sí mismo, vivo como un sultán, deberías ver mi casa, tienes que ver mi casa, es la hostia mi casa.

A pesar del zigzagueo, a pesar de no tener la menor consciencia de sus pasos, a pesar de caminar de espaldas y de subirse al techo de los coches para otear el horizonte, el tipo se mueve con determinación. Pienso si acaso su locura no será sino un exceso de razón por esa cosa que tiene a veces la locura de sonar justa y convincente. Caigo así en el culto romántico a la insensatez y decido seguirlo a través de un laberinto de calles cada vez más oscuras.

Aunque juraría que nos hemos movido en círculos tanto en el espacio como en la conversación, terminamos frente a la puerta de un local de moda. El portero no quiere dejarnos entrar por nuestro aspecto de jornaleros, tan desabotonados, tan barbudos, tan recién salidos de la obra para gastarnos el sueldo en droga y mujeres. Pero, una vez más, el tipo del callejón se adelanta a cualquier otra posibilidad que no tenga que ver con sus propósitos y coloca unos billetes en la mano del gorila.

Dentro solo hay oscuridad, esa clase de oscuridad que debía de tener el universo cuando no era más que oscuridad. Y en esa oscuridad nos abrimos paso hasta la barra, a través de un bosque de cuerpos sudorosos con olor a charcutería y a productos cosméticos.

El tipo llama la atención de una camarera y sobre la barra aparecen una fila de vasitos con líquidos de colores chillones que reparte con la intención de brindar. El alcohol me sabe a destilación casera; pesa en la lengua como si masticase harina y no tardo en sentir sus efectos desinhibidores y eufóricos. A partir de ahí, la conversación empieza a tomar rumbos más alegres y entusiastas. Rápidamente me veo abrazado con desconocidos, riendo como un chimpancé y haciendo juramentos absurdos.

Aunque siento que llevamos aquí varias horas, al mirar el reloj compruebo que no ha pasado demasiado tiempo. En la tercera o cuarta ronda, el tipo abandona el simulacro de felicidad y comienza a hablar de errores y de faltas con cadencia y entonación de discurso ensayado. Intercala silencios con gestos tan equívocos que me impiden saber si busca consuelo o camaradas con los que reírse de su propia desgracia. Coloca palabras inventadas aquí y allá, caza moscas con los ojos, puntea una guitarra invisible y, de vez en cuando, se detiene con una punzada en el vientre, con un aspaviento de dolor de muelas, para enseguida lanzar un grito y arremeter más allá de su espacio vital.

La camarera vuelve y el tipo le hace un gesto circular con el dedo para que coloque otra ronda de desinfectante sobre la barra. Algo borracho y medio colocado, le digo que debo irme, que ya es muy tarde, que mi mujer está a punto de volver a casa. El tipo comienza a reírse, a sacar la lengua, a hacer ejercicios de estiramiento con el cuello. Visiblemente agitado, se termina de un trago el vaso de otro cliente y amaga con soltar el puño. Sea o no premeditado, lo cierto es que, en la brusquedad de su gesto, golpea con la cabeza a alguien que tiene detrás. Al momento recibe un puñetazo que a mí me hubiera noqueado para el resto de la noche. Él, sin embargo, permanece impasible. Con una sonrisa de calabaza labrada en la cara, escupe la sangre que le cuelga del labio, levanta los brazos como si hubiera ganado una medalla olímpica y lanza un aullido de satisfacción.

Pronto el local se convierte en un ridículo ir y venir de manotazos, insultos, vasos rotos y amenazas hasta que escuchamos las sirenas de policía y salimos a empujones.

Ya en la calle, borrachos y con la adrenalina puesta en pie, decido responder al exceso con exceso. Volcamos contenedores, rompemos farolas a pedradas y coreamos cada despropósito mientras pateamos retrovisores de coche. Con idea de seguir bebiendo, intentamos entrar en varios bares, pero esta vez no hay manera de conseguir que ningún portero haga la vista gorda. Al menos, en un puesto callejero de sushi, el tipo convence a un japonés para que le venda una botella de sake. Luego se desnuda, tira sus ropas a un contenedor y le ofrece un puñado de billetes a cambio del kimono que lleva puesto. Me duele el estómago de reírme y me rebozo por el suelo y las paredes como si nunca antes me hubiera reído.

—¿Adónde vamos ahora? —pregunta a gritos después de beberse media botella de un trago y enfundarse el kimono—. Ya lo sé, vamos al aeropuerto. Eso es, los bares del aeropuerto siempre están abiertos, ¿eh?, ¿eh?, al aeropuertooo.

No será necesario ir tan lejos. El tipo se acerca a un portal y, como quien llega a casa de comprar el periódico, introduce un código en un panel de números. La puerta emite un silbido de chicharras y se abre. Empujado por la curiosidad, subo tras él hasta el quinto piso donde repetirá la misma operación sobre un portón troquelado de color blanco.

Dentro del apartamento el tipo del callejón retoma su muestrario de piruetas. Tira sillas contra las paredes y salta como un boxeador practicando su juego de pies: amaga con la izquierda y suelta la derecha. Luego abre un cajón, coge un fajo de billetes e intenta convencerme para que volvamos a salir, para ir al río a pescar o para regresar al mismo bar disfrazados con barbas postizas y sombreros de detective. Ni siquiera tengo tiempo de responder. El tipo se queda tieso de pronto, petrificado como un troll al que el amanecer sorprende bailando, y se dobla para vomitar dentro de un paragüero de metal.

Miro a mi alrededor en busca de un teléfono desde el que llamar a mi mujer para decirle que estoy bien y que llegaré pronto a casa. Veo muebles de diseño, veo techos altos, veo ojos de buey, tarima pulida y paredes lisas de brillo nacarado: es un apartamento formidable. Veo pieles y maderas exóticas. Veo recuerdos traídos de todos los continentes. Veo máscaras africanas e instrumentos de música maoríes. Es tal la suma de sinsentidos, que tengo que dar por cierto todo el galimatías de viajes y milagros que el tipo me ha relatado. Tal vez las máscaras las ha traído de su periplo en tren por Kenia, pienso, y los cuadros con grafías orientales de su viaje de mochilero por Vietnam.

Los baños y la cocina, a pesar de la mugre y el olor a tubería, están recién reformados y llenos de instrumentos eléctricos. Hay equipos de música, paredes forradas de libros y televisores de tamaño cinematográfico. El salón está acristalado, con salida a una terraza llena de hamacas, lámparas de pie, plantas trepadoras, ficus, kentias, mesitas de té y unas vistas anaranjadas de la ciudad recién amanecida.

Y ahí, rodeado de bolsas de patatas, colillas, cartones de pizza a medio comer, vasos de plástico rotos y olor a fruta en descomposición, hay un hombre con hechuras de luchador de sumo que mira fijamente el fuego de la chimenea. No lleva puestos más que unos calzoncillos y uno de esos chalecos reflectantes de los operarios públicos que ni siquiera llega a cubrirle la mitad de su oronda y peluda barriga. Conserva solo dos o tres mechones de pelo, como si su cabeza fuera un diente de león mal soplado, sujetados al cráneo por unas gafas de montura pasada de moda con los cristales demasiado gruesos.

A duras penas consigue ponerse en pie para recibirnos. Parece algo retrasado, con esa mueca babosa de quien es incapaz de esconder los dientes tras los labios. Camina hacia nosotros como los buzos sobre el fondo del océano y nos saluda con una gran sonrisa de susto: Pero, cómo, menos mal, anda, puf…, dice sin saber lo que dice, entre huidizo y confuso. Retrocede, se para, avanza y amaga una especie de abrazo que ambos rechazamos con un asco indisimulado, de manera que todo queda reducido a un saludo indio de dedos rebozados en colorante industrial.

Si el tipo del callejón resultaba difícil de entender, el gordo de la chimenea parece directamente utilizar un nuevo idioma. Entre expresiones en desuso y palabras faltas de significado, salta de una cosa a otra con la boca llena de ganchitos de color naranja y de Coca-Cola. Sus eructos desprenden un tufo a pis de gato o a algo marino.

Agotado el colocón, me siento incapaz de entender tanto despropósito. Les digo que es tarde, que no puedo más, que me voy a casa con mi mujer.

Mi decisión no tiene ningún efecto en el tipo del callejón, que adormilado ya en un sofá orejero parece dispuesto a pasar allí las próximas horas. El gordo, sin embargo, sale de su laberinto de banalidades e intenta convencerme para que me quede un rato más con argumentos de lo más ridículo. Nervioso, alterado incluso, llega a rogarme, a ofrecerme cama, comida y planes como si en verdad tuviese miedo a quedarse a solas con el tipo del callejón.

Yo estoy ya más que harto de comportamientos lunáticos, de ideas absurdas y de discursos llenos de exclamaciones, así que me despido y me dirijo hacia la puerta. Por el camino descubro que, a pesar de la opulencia que llena la casa, aquellos dos miserables viven en una penosa precariedad: el fregadero rebosa con cacharros sucios, en las habitaciones hay montoneras de restos orgánicos en descomposición, ropa sucia aquí y allá, costras resecas en cada mesa y en cada mueble, lo que en conjunto origina un ambiente viciado más propio de un vertedero que de un apartamento posmoderno.

Ya casi en la puerta, escucho gritos, golpes, maldiciones, insultos. Regreso corriendo al salón y me encuentro a un hombre vestido con traje de piloto de aviones llamando por teléfono a la policía. El gordo lucha por ponerse unos pantalones. El tipo del callejón se ata el kimono y se calza unas zapatillas. Entre los dos me empujan a la calle mientras el gordo se lleva las manos a la cabeza y el tipo del callejón grita algo que no consigo entender, pero que tiene que ver con salvar su vida o con salvarle la vida a alguien.

No recuerdo haber corrido tanto en toda mi vida. Con el aliento perdido y dando cabezadas de pez, caemos derrotados en un banco junto al río. El gordo suda y parece a punto de sufrir un paro cardíaco. El tipo del callejón está pálido y avejentado, como si le hubiera caído un saco de harina sobre la cabeza. Por fin se intuyen en él ciertos síntomas de fatiga, cierta mirada de espanto y un dolor inasible.

Vuelvo a mirar el reloj. Debería irme a casa. Mi mujer estará a punto de volver del trabajo. Pero me encuentro tan agotado que me dejo caer sobre el césped para descansar un rato. El tipo del callejón me imita y se abre el kimono para refrescarse. Mientras, el gordo se tumba panza arriba como un gorrión muerto y empieza a llorar.

Cuando recupero las pulsaciones, me incorporo y veo al tipo del callejón haciendo malabares en la barandilla del puente. Está descalzo y da la sensación de que va desmayarse en cualquier momento y caer al río. Sin pensarlo, me lanzo a por él y lo arrojo al suelo de un empujón. El gordo de la chimenea se nos tira encima y siento que se me rompen todas las costillas. El tipo del callejón, sin embargo, parece no sentir el golpe. Se pone en pie, mira el reloj y se lleva las manos a la cabeza como si acabara de recordar que se ha dejado la olla en el fuego. Comienza entonces a correr en dirección a un autobús, y el gordo y yo salimos tras él por miedo a que termine por arrojarse entre las ruedas.

Ya en el autobús, le pido al gordo explicaciones sobre lo que está pasando. Hay en su rostro un desconcierto cercano al pánico y por más que insisto en comunicarme con él, solo me devuelve ideas disparatadas que me provocan al mismo tiempo una emoción y la contraria.

Compruebo que la línea de autobús no pasa lejos de mi casa y decido relajarme. Llevo tantas horas despierto que no soy capaz de razonar, solo quiero dormir y cierro los ojos.

No tarda en despertarme un nuevo estrépito. El tipo del callejón está gritando, pide que paren el autobús y da puñetazos en la puerta como si estuviera en llamas y tuviera que tirarse con urgencia al río. Es tal el escándalo y el pánico de los demás pasajeros, que al conductor no le queda más remedio que echarse a un lado y dejarnos salir.

—Es ella —grita el tipo del callejón nada más poner pie a tierra—, está allí—. Y de inmediato sale corriendo de nuevo.

Ni siquiera en semejantes circunstancias lo dejo solo. Al contrario. Asustado por lo que pueda hacerse o provocar, corro por calles adoquinadas y parques llenos de columpios, bancos de madera y madres con carritos de bebé. Es tal la despreocupación de sonámbulo con la que el tipo cruza semáforos y salta guardarraíles que los coches derrapan para no atropellarlo.

Cuando consigo alcanzarlo, el tipo solo acierta a decirme que me calle, que no diga nada, que le haga caso porque lo que está a punto de suceder es cuestión de vida o muerte. Sordo a mis advertencias y abstraído en la tarea de espionaje, se encarama a un árbol como un bosquimano en misión de caza y hace prismático con las manos.

Ahí está, dice, y señala al frente. Es ella, repite, tienes que ir a hablar con ella.

A punto de desmayarse por el esfuerzo, aparece el gordo en escena. Sus ojos son la definición del pánico. Me agarra, me empuja, me desafía y me dice que no vaya, que no piensa volver a pasar por lo mismo. El tipo del callejón me mira en busca de un aliado. Hay que salvarla, me dice con una mirada tan viva y resuelta, tan necesitada de que alguien le preste atención, que no puedo negarle nada.

—Está bien, está bien —le digo sujetándolo por la chaqueta del kimono—, pero tú quédate aquí, ¿de acuerdo?, quédate aquí con tu amigo.

No sé de qué o por qué o cuándo, pero según camino hacia ella empiezo a intuir algo familiar en la mujer y en la niña pelirroja que va a su lado, creo que las he visto antes, que las conozco tal vez, siento incluso una especie de vértigo, lo mismo que al bajar bruscamente por una montaña rusa.

Hasta que no estoy a su lado, la mujer no advierte mi presencia. El susto la obliga a dar un paso atrás. La niña pelirroja no parece darse cuenta de la reacción de su madre y levanta la mano y me sonríe con familiaridad. Yo también sonrío y muestro las palmas de las manos en señal de buena voluntad.

Mi gesto no parece tranquilizar a la madre. Solo ahora soy consciente de mi aspecto, del cigarrillo en la oreja, de las manchas de sudor en mi ropa arrugada, de las ojeras y del aliento que desprenden los cuerpos sin dormir. Sonrío de nuevo y digo que no voy a hacerles nada, que solo quiero hablar. Ella retrocede aún más, abre mucho los ojos y niega con la cabeza.

Lo siento, parece murmurar.

Sé quién es, claro que sé quién es. Esos bucles cobrizos, ese mechón de pelo blanco, esa mirada otoñal. Por fin me viene un nombre a la cabeza, un tiempo y un lugar, pero no llego siquiera a articular palabra porque, en ese momento, la mujer le grita a su hija que corra hacia el portal y pida ayuda.

Espera, insisto, tenemos que hablar. Es importante que hablemos.

Perdido en mis adentros, la agarro, la zarandeo incluso, le exijo que se quede, que me conceda cinco minutos. Solo cinco minutos.

La mujer grita, intenta liberarse, me empuja y empieza a correr. Quiero salir tras ella, pero, de repente, siento como si un camión me lanzara contra una pared. Hasta que no caigo al suelo, no consigo identificar lo que me ha embestido. El gordo. El puto gordo de la chimenea otra vez. ¿Qué coño le pasa a este tío? ¿Qué coño te pasa, gordo de mierda?, le digo. Lo empujo, una, dos, tres veces; le doy un puñetazo, lo tiro al suelo, le pateo las costillas. El gordo llora y pide perdón y me dice que pare. Miki, para, me dice, me estás haciendo daño, me dice, pero yo sigo golpeándolo.

Miro hacia arriba y veo balcones, ventanas encendidas, una especie de colmena de luces. Es de noche otra vez. Distingo la silueta de una mujer asomada a la ventana y grito que baje, que me escuche, que necesito hablar con ella.

A mi alrededor hay contenedores de basura, cajas de cartón vacías y suciedad. Busco una salida. Doy vueltas y vueltas. Grito. Me mareo. Me tropiezo. Me desmayo. Caigo al suelo.

Lo siguiente es otra vez el gordo de la chimenea. Me palmea la cara para despertarme. Me dice que esté tranquilo. Que todo irá bien.

¿Qué hacemos aquí?, le digo, ¿y por qué tienes sangre en las manos?

Pero el gordo no parece oír o entender. Balbucea, intenta una explicación y la contraria. Su voz me llega cada vez más lejana, cada vez más tenue.

Estate tranquilo, Miki, repite, no cierres los ojos, tienes que mantener los ojos abiertos.

Las luces del callejón parpadean, se apagan. Algunas cabezas asoman por las ventanas. Unos chicos con coronas del Burguer King aparecen y se llevan las manos a la cara. Uno de ellos corre en busca de ayuda. Otro se acerca al gordo de la chimenea. Un tercero saca su teléfono móvil y pide una ambulancia. Antes de perder el conocimiento, le escucho decir que se den prisa, que no sabe lo que ha pasado, que hay un hombre en el suelo, que está vestido con una especie de kimono y que se desangra por una herida que tiene en el cuello.

MIGRACIONES TARDÍAS

Ay, la tía Marisol.

Flores estampadas, sombrero cartwheel, zapatillas plateadas, pantalones verde kriptonita —¡a su edad!—, y qué gafas de sol, oye; enormes como dos retrovisores de camión. Bueno, quizá no tanto, pero sí mucho más grandes de lo que ninguno hubiera visto. Todo el Caribe puesto encima.

La dulce tía Marisol. Llena de ustedes y de seseos, de diminutivos cantarines, de palabrería chispeante.

No era ni la tía americana —de esa ya teníamos una—, ni la tía solterona —oh, de esas había unas cuantas—, ni siquiera la tía rica —y mira que de esas no había ninguna más—. Era solo la tía Marisol. Y era tan ella, tan qué sé yo, tan distinta a todo, que no hizo falta buscarle ningún otro sobrenombre.

Sabíamos que venía. Sabíamos que volvía; que regresaba para quedarse, para jubilarse, para… (bueno, creo que en realidad nadie sabía por qué volvía). Después de muchos años lejísimos, allá, en Venezuela, donde se fue a trabajar, a hacer fortuna, a… (bueno, creo que en realidad nadie sabía a qué se fue).

Hasta que entró por la puerta, la tía Marisol había sido un nombre del que pocos hablaban y hablaban poco. Siempre con gesto torcido. Siempre con frases sin terminar. Esa, ya sabes —en reuniones familiares—. La Marisol que qué se cree —en las navidades—. A la venezolana ni me la mientes —en los funerales—.

Para mí, sin embargo, la tía Marisol había sido la fotografía de una mujer con pantalones blancos, apoyada en un tiburón descapotable de color blanco entre rascacielos recortados de un cielo blanco. También una llamada de teléfono de madrugada el día del cumpleaños de papá —qué susto, es que esta mujer no se da cuenta del cambio de hora—. Y también una postal navideña en la playa con la tía Marisol tumbada en la arena como una estrella de cine, abrazada a un hombre todo sonrisa, atlético, torso peludo; uno de esos hombres que parecen estar siempre de vacaciones, en una especie de domingo perpetuo.

El caso es que llegó y su llegada fue una explosión de color. Mi hermana y yo la mirábamos con asombro y felicidad, con el cosquilleo del vértigo. La tía Marisol tenía collares, tenía pulseras, tenía colorete, tenía un bolso minúsculo colgado de la muñeca, tenía una dentadura blanquísima, tenía las uñas pintadas de verde y una forma de estar que no se parecía a la de ninguna otra persona que conociéramos.

Y besaba sin besar, y miraba sin mirar, y a cada paso que daba dejaba tras de sí una nube densa con olor a mar, a salazón caliente.

No sé si trajo regalos, si los trajo ya no lo recuerdo. Lo que sí trajo fue un lenguaje floral y aromático, un cacareo divertidísimo de pájaros exóticos que yo entendía por aproximación, sin necesidad de haberlo estudiado. Con ella todo era chévere o arrechísimo, o si no una vaina por acá y por allá un bochinche. Es que daban ganas de pasar el día entero a su lado, escuchándola. Con la tía Marisol se manejaban carros, se tomaba la buseta, se comían papas y se bebía jugo de frutas. Todo bien bello y bien hermosote, jajá, qué risa con la tía Marisol. Luego jalaba esto y aquello, y metía por todas partes palabras en inglés, pronunciadas de un modo tan extraño como fácil de entender. Nada que ver con lo que nos enseñaba la profe del colegio. Macarena y yo, es evidente, preferíamos mil veces las maneras de la tía Marisol, y durante varios días vivimos convencidos de haber aprendido la fórmula mágica del inglés perfecto.

El chamo o el chamito, la chamaca o la carajita. Esos éramos mi hermana y yo. Siempre en tercera persona. Siempre como invisibles. Porque a la tía Marisol no le gustaban nada los niños —vete a saber—, tal vez porque nunca los había tenido —vete a saber también—. Macarena intentó darle un concierto de violín. Yo le enseñé mi colección de cromos. Nada. No había manera. La tía Marisol era inmune a los prodigios de la infancia. Pero, oh, de pronto le hizo gracia mi modo de decir caraqueño, así: caracaqueño; jajá, y nos dio una chance, y ya bromeaba y nos contaba pendejadas, *m'hijo*, y hasta sacó de ese bolso diminuto un billete para cada uno; un billete bien valioso porque no solo tenía la cara de un presidente americano, sino que además era de plata. Aunque a mí, todo hay que decirlo, me pareció de papel pintado igual que todos los demás.

Pero ya júntense, nos dijo antes de sentarnos a la mesa, que quiero tener un recuerdo de ustedes. Y nos tomó una foto —vaya cámara traía—, y luego pidió permiso para encender un cigarrillo largo y estrechísimo —claro, tía, está en su casa— y se quedó a comer y repitió de todos los platos porque decía que los sabores la llevaban de acá para allá, a un momento y a un lugar que le provocaban una carcajada como de mentira, como sin fuerza.

Cuánto mundo traía la tía Marisol.

Todo lo cambiaba a dólares, todo lo comparaba con situaciones más lejanas y con aparatos más modernos y más grandes o más pequeños, pero, eso sí, siempre mejor hechos. Y decía *Maiami* al tiempo que señalaba una ventana que de pronto parecía que no fuera nuestra. *Maiami,* al final de un dedo. *Maiami,* donde siempre es verano, donde una puede cruzarse en cualquier lugar con Frank Sinatra o Jerry Lewis —¿quiénes son esos, mamá?—, donde la gente sale a navegar con su barquita hasta para ir a comprar el pan y donde el agua del océano es tan cristalina y cálida que, si no fuera porque moja, es que ni cuentita te das de que estás dentro. Qué cosa *Maiami*. Qué lugar *Maiami*. Qué desparrame de árboles y flores y cielos azules. La tía Marisol continuó así un buen rato, hasta que llegó un momento en que, de tanto repetirlo, el último *Maiami* se le atragantó. Se puso a toser y luego se enfadó, o hizo que se enfadaba, más bien esto último, y dijo conchudo y gringo y ay, carajo, mira que morírseme así, tan sin sentido. Y pronunció varias veces un nombre —un nombre tan cortito que más que un nombre parecía una tos—, y dejó caer la cuchara al lado del plato y, sin entender, todos entendimos.

Ahí terminó su monólogo. La tía Marisol dejó de comer y los demás con ella. Y así nos quedamos durante una eternidad: nosotros rodeando a la tía Marisol y la tía Marisol rodeada por nosotros. Papá intentó hacer lo que pudo, que fue poco o nada: juntar migas de pan, decir vaya, aclararse la garganta. A falta de palabras, mamá miró a papá y papá miró a mamá de vuelta. Y algo debió de decirle mamá a papá con esa mirada porque, sin previo aviso, papá dio una palmada que nos sobresaltó a todos y dijo: ¿Sabéis que vuestra tía-abuela Marisol fue la primera mujer en España en ponerse pantalones?

La tía Marisol soltó de pronto una carcajada de las de verdad —qué alivio— y se llevó el dedo a la nariz porque la pregunta la había pillado bebiendo agua, y le dio un golpe a papá en el hombro y lo llamó huevón, metiche, gafo. Pero qué vaina de abuela ni qué abuela, dijo la tía Marisol. Y luego dijo un montón de palabras que yo nunca había escuchado, todas juntas, como mezclando varios idiomas, y con las que definitivamente nos dejó sin saber su verdadero estado de ánimo.

Estaba claro que tenía carácter la tía Marisol.

Tomamos tarta, tomamos —tomaron— un culín de pacharán, quizá dos, y otro de una botella con forma de fraile, y la tía Marisol se puso parlanchina de nuevo y empezó a rememorar mil y una anécdotas insignificantes que papá y mamá le reían sin llegar a entender muy bien, o sin escuchar muy bien, o sin interesarse demasiado. Y mi hermana y yo bostezando, claro, tú verás, muertos de aburrimiento porque la novedad había terminado y no conocíamos nada ni a nadie de los que la tía Marisol nombraba.

Mamá nos mandó entonces a recoger la mesa y la tía Marisol aprovechó que no estábamos delante para interesarse por amigas lejanas, de cuando las fotografías eran en blanco y negro y Macarena y yo ni siquiera habíamos nacido. Desde la cocina la oímos preguntar por esta, por el otro, por aquella que estaba más loca que un guacamayo y por la pendeja esa del mercado, sí, esa que decían que estaba encamada a la vez con el lechero y con el de los periódicos. Y papá: pues muerta; pues ni idea; pues vendió la casa y se volvió al pueblo; pues muerta también.

—Óiganme, ¿y el aviador?

Papá se quedó como si no hubiera escuchado, o como si la pregunta no fuera dirigida a él, o como si no creyera necesario responder, pero si pretendía salir de allí sin contestar se quedó lejos de conseguirlo.

—*M'hijo.*

—Eh, no se decirle, tía. Hace tantos años. Nos contaron que estuvo en la Guerra de los Balcanes y adoptó a una niña de por allí; de Sarajevo, creo. A la vuelta heredó una sastrería en el centro, pero ya estará más que jubilado.

—Cónchale…

Todo aquello podría haber sido una historia divertida, pero por alguna razón no lo fue. Una luz naranja entró por la ventana e iluminó el cuarto de estar. Nadie decía nada y con eso parecía estar todo dicho. Tic, qué estruendo, tac, el reloj de pared. Papá y mamá empezaron a mirarse de nuevo, a hacerse señas con los ojos y las manos como dos sordomudos, a repetir preguntas que habían formulado ya varias veces y para las que hasta Macarena y yo conocíamos las respuestas:

Que sí, que la tía Marisol tiene pensado buscarse un departamentito, algo bien luminoso y bien céntrico.

Que no se preocupen, que estará bien.

Que no, que allá no dejó nada ni a nadie, que todito lo vendió.

Que no sabe todavía, que puede que sí o puede que no.

Hasta que a papá se le ocurrió lo de la máquina de escribir y mamá aplaudió la idea con una gran sonrisa. Que estaba rota, le dijo papá, que si le podía echar un ojo. Y la tía Marisol, ay, pues claro, *m'hijo*, ya muéstremela. Pues eso, embrague, marginador y cambio de cinta en un pispás, oye, que la dejó nuevecita en un momento. Pero cuando la tía Marisol, en un impulso que no pudo razonar ni controlar, intentó probarla, aporreó las teclas tan rápido, con tanta energía y tanta determinación, que, antes de llegar al final de la primera línea, todo saltó otra vez por los aires como una bomba de confeti.

(¿Exageración? Eso es que no visteis cómo tecleaba la tía Marisol).

—Ay, *m'hijo*, qué quieren, treinta años en la Shell con mi *gringuito taipin* y *taipin*. Ahorita te la monto otra vez.

A partir de aquí mis padres insistieron en que descansara: Mire que han sido muchas horas de vuelo, tía, que le hemos preparado una habitación, que con el cambio de hora, que con tanto trajín, que con tantas emociones. Pero no hubo manera de convencerla. La tía Marisol quería pasear, quería ver, quería volver a ver y quería tomar un café en un sitio que recordaba bien lindo, pero que al parecer ya no existía desde hacía más de veinte años, y quería comprarse unos zapatos en lo que ahora era una sala recreativa, y quería pasear por un parque que resultó ser el nuevo polideportivo, y quería tomar una leche helada en un sitio que sí existía —carajo, por fin una vaina que no cambió—, pero que, según dijo papá, desde que la señora se jubiló ya lo traían todo prefabricado y no era lo mismo.

Cuántas decepciones de golpe.

—Cónchale, *m'hijo*, la Plaza Mayor seguirá.

—Sí, esa no ha cambiado nada en trescientos años.

—Pues date.

Así que salimos a la calle. Sábado de otoño, casco antiguo, ciudad mesetaria, y allí no había más color que el que llevaba encima la tía Marisol. Con su parasol y sus bambas plateadas. Con sus uñas verdes, sus pelos violetas y su rímel rebrillante y azulado. Con su bolso diminuto, su sombrero cartwheel y sus pantalones verde kriptonita —¡a su edad!—. Y qué gafas de sol, oye, enormes como... Bueno, todo eso.

Macarena y yo nos moríamos de vergüenza. Normal, ni en los carnavales se veía tal exceso cromático. Pero la tía Marisol parecía no darse cuenta de tanta mirada estrábica, de tanta risita torcida y de tanto cuello girado. O sí que se daba cuenta —oh, claro que se daba cuenta—, y por eso movía el culo como una campana al paso de los hombres, y por eso exageraba la risa y levantaba el mentón, y por eso corneó el aire al cruzarse con un grupo de mujeres endomingadas, formalísimas, dignísimas, estiradísimas, que la miraron como miran las palomas.

Menuda era la tía Marisol.

Por el camino compró pasteles, compró una billetera, compró un sombrero, compró regalos para enviar a sus panas, compró una jaula de turpiales —ni idea de lo que eran los turpiales— y una planta trepadora para ese departamentito tan luminoso que estaba por rentar. Incluso le ofreció dinero a una señora que parecía llevar un oso abrazado a la espalda por un perrillo feísimo y orejón que era igualito, oye, pero igualito a Franky o Fronky o Fruncy, un chihuahua moteado que le regaló por su cumpleaños aquel señor tan moreno con nombre de tos. Qué perro tan bueno, dijo la tía Marisol como si no hablara con nadie, nos lo llevábamos a la Guaria y a Playa Grande cada *güiquén,* incluso una vez voló con nosotros para vacacionar en la Florida metido en la chaqueta de…, ay, pero qué vaina.

A partir de aquí la tía Marisol hizo algo de lo más extraño: empezó a enseñarnos nuestra ciudad. Con maneras de guía turística, nos mostró el edificio donde trabajó de costurera antes de, el soportal en el que se citaba con sus amigas cuando, la cafetería —un restaurante chino ahora— donde. Y decía nombres como si supiéramos quiénes eran o como si nos importara quiénes fueron. Aquella esquina, aquel beso y aquel novio tan joven y tan bien puesto que iba para piloto del ejército. —Vaya-vaya con la tía Marisol—. Y esa noche en que llovió que si tiene Dios agua en los cielos y el piloto y ella se pusieron a bailar bajo el diluvio y un fotógrafo los vio y al día siguiente salieron en la portada del diario local. O aquella tarde en que, paseando con sus amigas bajo los soportales, ese mismo novio tan joven y tan bien puesto, oye, que es que era para verlo, se le plantó delante con su traje de oficial de todos los ejércitos del aire y un puñado de margaritas y le pidió matrimonio allí mismito.

La tía Marisol iba, volvía y retrocedía diciendo es por acá o por allá, ay, *m'hijo,* qué cambiado está todo. Hasta que, a fuerza de no reconocer nada, se puso furiosa y dijo que las calles estaban sucias y que los carros eran muy viejos y que la gente era de lo más malencarada y bochinchona y que en Caracas o en *Maiami* nunca se permitiría no sé qué cosa.

Tal era su descontento que, al llegar a la Plaza Mayor, la tía Marisol empezó a caminar varios pasos por delante de nosotros, como si no nos conociera, como si no estuviéramos allí o le avergonzara nuestra compañía. Con una vitalidad inconcebible, entraba en las tiendas preguntando por este y por el otro y por aquel, y este no sé de quién me habla, señora, y el otro era el hijo del hijo, y de aquel ya le he dicho que no me acuerdo, y el lugar del que usted me habla cerró, puf, hace como la tira de años. Así hasta que se paró de golpe frente a un escaparate de camisas y trajes a medida que parecía anclado en otro tiempo. La tía Marisol sacó entonces de su bolso diminuto el carmín y el perfume y se colocó el sombrero nuevo varias veces poniendo caras divertidas frente al cristal. Luego, entró en la tienda y preguntó por el dueño a una niña pelirroja que jugaba con muñecas en el mostrador, y cuando salió el dueño de una trastienda atiborrada de cajas apiladas que parecían mantenerse en equilibrio como por arte de encantamiento, resultó ser un hombre barrigón y más calvo que una rana, con gafas prendidas del borde de la nariz y orejas tan largas que parecía que alguien hubiera pasado años tirando de ellas hacia abajo.

Al ver a la tía Marisol, el hombre dejó caer el puñado de corbatas que tenía en las manos. Las gafas siguieron el mismo camino. Incluso su cara se vino abajo en un gesto de no entender nada o de haber visto a un resucitado. Marisol, dijo el hombre. Marisol, por todos los santos. Marisol, pero qué ven mis ojos. Y venga Marisol. Seis o siete veces Marisol. Todo con una sonrisa que más que una sonrisa parecía un llanto que no terminaba de salirle del pecho.

El hombre puso las manos así, con las palmas hacia arriba, y dio dos pasitos cortos, más para aguantarse en pie que para avanzar en dirección alguna. Como si se tratara de un juego de espejos, la tía Marisol reprodujo esos dos mismos pasos hacia atrás y puso una cara nueva, una cara que no había ensayado frente al cristal. Y usó una voz que tampoco era suya. Y habló con un acento sin música ni seseos, sin diminutivos cantarines ni palabrería chispeante. Se equivoca, caballero, dijo según se daba la vuelta para volver a la calle. Y todos pudimos ver al hombre gordo de largas orejas y calvo como una rana derretirse allí mismo, más rápido que un helado al sol.

Lo siguiente que supimos fue que la tía Marisol había desaparecido entre las familias que paseaban —sábado de otoño, casco antiguo, ciudad mesetaria— por la Plaza Mayor. Cosa de magia, jajá, qué risa con la tía Marisol, querrá jugar al escondite. Pero, por la cara que puso mamá, pronto entendimos que no era asunto de risa. Papá echó a correr, más por no saber qué hacer o a quién acudir que por solucionar algo. Y mamá detrás, con Macarena de una mano y conmigo de la otra: No habrá visto a una señora mayor con los pelos de colores, ¿verdad?, estaba aquí hace solo un rato, tendrá unos setenta años, pero aparenta muchos menos, ¿no?, ¿no la han visto?, lleva deportivas y ropa como de vivir en el Caribe y... Y la gente —sábado de otoño, casco antiguo, ciudad mesetaria— sin entender, claro, que qué tontería me está contando, señora, que qué es eso del verde kriptonita y de las jaulas de turpiales.

Fui yo quien más tarde la vio sentada en un banco de la alameda. Ahí estaba, la dulce tía Marisol. Con sus flores estampadas, pero sin su sombrero cartwheel, con sus bambas plateadas, pero sin su rímel rebrillante y azulado, con todo el Caribe puesto encima, pero sin sus gafas de sol.

Empezaba a oscurecer y, por alguna razón, parecía que la tía Marisol también se estaba apagando. El pelo algo canoso en la raíz le subía hasta desaparecer en una nube de humo azul, el carmín de su boca no coincidía con la forma de sus labios y tenía los dedos enredados y torcidos como patas de cangrejo. Qué pequeñita de pronto, qué insignificante, qué poquita cosa la tía Marisol, doblada sobre sí misma como un papel arrugado.

Desde el banco de enfrente, un grupo de mujeres vestidas de negro la miraban como quien mira un precipicio. Pero esta vez no hubo desplantes, risas exageradas ni golpes de cadera, porque a la tía Marisol ya le daba igual que la mirasen, porque la tía Marisol parecía que estaba y no, obnubilada en la contemplación de una cigüeña que amontonaba con el pico ramitas secas para su nido.

Mamá nos hizo una seña, y Macarena y yo salimos corriendo a recoger del suelo la jaula, la planta trepadora, los pasteles, el sombrero y las bolsas con los regalos para enviar a sus panas. Fue entonces cuando apareció papá, sudoroso y agitado, y se acercó a la tía Marisol a pasitos cortos mientras le pedía a mamá explicaciones con los brazos.

—¿Qué pasó, *m'hijo*?, ya no deberían estar acá.

—¿Cómo dice?

—Las cigüeñas, *m'hijo*, por estas fechas tendrían que haber vuelto a casa.

—Es que los inviernos ya no son lo que eran, tía, ahora no necesitan migrar.

Sin apartar la vista de la cigüeña, la tía Marisol quiso decir algo más. Abrió la boca y lo intentó de nuevo, pero nuevamente fue incapaz de dar salida a sus pensamientos. Lo probó una tercera vez, y una tercera vez se quedó en silencio. Hasta que por fin levantó la vista, se puso las gafas de sol y agarró el brazo que papá le ofrecía para ponerse en pie.

—Ay, qué vaina, mira que morírseme así, tan sin sentido.

ÍNDICE

Colección **La mirada del trapecista**
Coordinador: Pablo Zaera Silvar

Bululú

Zaera Silvar Editor es un sello perteneciente a Editorial Bululú S.L.
Calle Real 9, Bajo. 15003 A Coruña
Tel: 881 887 939

Título: Verano del 96
Autor: David de Juan Marcos

Diseño y maquetación: Alfonso Lara Lara

Printed in Spain
Primera edición: abril 2023
ISBN: 978-84-18667-91-6
D.L.: C 550-2023

la mirada del trapecista

Títulos de la Colección

Mi última reencarnación
Quinito López Mourelle

El último diciembre infinito
Xosé Duncan

La vida en los bolsillos
Beatriz Couce